U0906810

24 HOURS
IN ANCIENT CHINA

A DAY IN THE LIFE OF THE PEOPLE WHO LIVED THERE

古代中国十二时辰

两汉之际

庄奕杰 著　赵洪雅 译

北京联合出版公司 Beijing United Publishing Co.,Ltd. · 四音

图书在版编目（CIP）数据

古代中国十二时辰：两汉之际 / 庄奕杰著；赵洪雅译. -- 北京：北京联合出版公司，2022.6（2022.10重印）

ISBN 978-7-5596-5961-3

Ⅰ.①古… Ⅱ.①庄… ②赵… Ⅲ.①故事－作品集－中国－当代 Ⅳ.①I247.81

中国版本图书馆CIP数据核字（2022）第026769号

24 Hours in Ancient China

First published in Great Britain in 2020 by Michael O'Mara Books Limited
Simplified Chinese rights arranged through CA-LINK International LLC

古代中国十二时辰：两汉之际

作　　者：庄奕杰
译　　者：赵洪雅
出 品 人：赵红仕　　出版监制：刘　凯　赵鑫玮
选题策划：联合低音　　责任编辑：牛炜征
封面设计：何　睦　　内文排版：书情文化

关注联合低音

北京联合出版公司出版（北京市西城区德外大街83号楼9层　100088）
北京市联合天畅文化传播公司发行
北京美图印务有限公司印刷　新华书店经销
字数 161千字　　880毫米×1230毫米　1/32　　8.5印张
2022年6月第1版　　2022年10月第2次印刷
ISBN 978-7-5596-5961-3
定价：45.00元

目 录

引言

在中国源远流长又丰富多彩的历史中，西汉是最引人注目的时期之一。这是一个充满活力的时期，政治、社会和技术的革新层出不穷；这也是一个人口急剧增长、新思想萌芽并发展、社会关系在旧秩序和新思想的碰撞下日益紧张的时代。人们称之为“西汉”，以区别于其后公元 25 年至 220 年的“东汉”。

西汉开国皇帝刘邦于公元前 202 年称帝，后世子孙的统治持续至公元 8 年。这一时期，大汉帝国开疆拓土，政治稳定，经济进步，可与亚欧大陆另一端的罗马帝国相媲美。

刘邦是一位野心勃勃的军阀，他在一场残酷的内战中推翻了短命的秦朝，但直到汉武帝统治时期（公元前 141—前 87 年），西汉才真正开始繁荣富强。此前西汉早期的皇帝遵循道家“无为而治”的思想，政策上宽缓民力，使人民能够从战争造成的经济破坏和秦朝的暴政中恢复过来。汉武帝改变了这一政策，他利用从一系列军事征伐中获得的政治资本，将儒家思想渗透到政府和社会当中，并开启了汉代大规模修建基础设施的传统。

本书中故事发生的时间设定为公元 17 年，即新朝天凤四年。新朝是西汉和东汉之间一个短命的朝代。在此前汉武帝政策的影响下，此时的社会已趋近经济、文化的高峰。当朝皇帝王莽就是这个时代的缩影。他自己是篡位者和改革家，他所处的时代充满了活力和创新，但也被冲突和矛盾所撕裂。在本书中，我们会看到一些社会冲突已经萌发。公元 23 年，这些冲突将最终形成一波起义浪潮，王莽也将丧命于闯入皇宫的反叛者之手。

王莽倒台之后，由于战争、饥荒和洪水，国家的人口急剧下降。过了几个世纪，人口才恢复到公元 2 年（王莽统治之前）的 6000 万左右。

今天，我们通过历史文献和考古发掘，已经对西汉贵族有了深入了解。宫殿遗址、残存的城墙、军事基地和极尽奢华的帝王陵墓遗存，都是西汉贵族奢侈生活的缩影。儒生和书吏详尽记载了上位者的穷奢极欲和种种愚行，但这些材料对我们了解这个非凡时代中普通民众的生活却帮助有限。

毫无疑问，他们的生活比前几个时代的人要好得多。西汉时期，农业生产稳步增长。小麦和小米成为国家的主要农作物，产量达到新高度。诸多农业技术的发明（如代田法）、役畜犁田，以及改良铁质农具的广泛使用，使普通农户从中受益。西汉的手工业生产水平也达到了前所未有的高度，生产出包括漆器、陶器、青铜器、铁器在内的多种工艺精良的商品。越来越多的人投身于这些蓬勃发展的行业，并分享他们创造的财富。

经济腾飞对这一时代的意识形态产生了深远影响。从帝王将相到平民百姓都坚信有永恒的来世。皇帝和贵族阶层浪费大量资源营造奢华的陵墓，富裕的平民也可以为自己建造华美的墓穴。本书中有三个故事，分别以坟墓建造者、盗墓者和守陵人为主人公，反映死亡和来世观念在汉代文化中的重要性。

近来的考古发掘开始揭示出这个时代被人遗忘的平民的生活。三杨庄遗址出土的农业遗存是最引人注目的发现之一。两千年来，这些农业遗存一直被掩埋在黄河洪泛的淤泥之下。此外，渠县城坝遗址出土了街道、窑址、水井和许多其他日常遗存，通过这些遗存，我们可以想见普通人的日常生活。成都的老官山汉墓出土了一些早期医案和保存完好的织布机，其他遍布全国的考古发现还包括大量壁画、竹简、木简及陶模。这些出土文物是汉代普通人家庭生活、工作环境和丧葬文化的宝贵物证，其出土地点并不局限于中原地区，也散布在遥远的边疆。

本书将最新的考古报告和研究与传统文献史料相结合，以求生动展现当时和此前西汉时期中国人的日常生活。依据现有材料，本书突出了统治者与被统治者、雇主与雇工、妻子与丈夫之间紧张的社会关系，并将其戏剧化地表现出来。我们看到，即使在一个日新月异、经济相对富裕的历史时期，百姓对官府苛政、专制的怨恨，和认为少数富人窃取了经济利益的认知加在一起，仍将不可避免地引发冲突。

与同系列其他几种图书（《古罗马二十四小时》《古埃及二十四小时》《古雅典二十四小时》）一样，本书也讲述了 24 个不同职业、不同社会地位的角色的故事。这些故事主要基于真实故事和历史事件，它们大部分发生于当时中国的中心区域，包括新朝首都常安[1]所在的关中地区、黄河下游、淮河流域以及故长沙国一带。这些地区也是西汉时期文化和经济最发达的区域。为了将往往呈碎片化的史据拼接在一起，作者把不同人物的传记“叠加”到了我们故事中的角色身上。有几个故事发生在帝国的边疆地区，但也与中原地区有着千丝万缕的联系。通过这种方式，我们可以了解每个角色所代表的特定职业或特定群体的日常生活，并见识到边疆地区的生活也和中原腹地的生活一样，复杂、开化，又平凡普通。

关于计时制度和度量单位的说明

汉代采用并进一步发展了周代的计时制度，将一天分为十二个时辰，每个时辰相当于今天的两个小时。古人为每个时辰都取了特定的名称，包括夜半（23：00—1：00）、鸡鸣（1：00—3：00）、平旦（3：00—5：00）、日出（5：00—

1 王莽建立新朝后，改首都长安名为常安。——编者注

7：00）、食时（7：00—9：00）、隅中（9：00—11：00）、日中（11：00—13：00）、日昳（13：00—15：00）、哺时（15：00—17：00）、日入（17：00—19：00）、黄昏（19：00—21：00）和人定（21：00—23：00）。每个时辰按顺序配有相应的十二地支：子、丑、寅、卯、辰、巳、午、未、申、酉、戌、亥。在本书中，我们将每个时辰分为前后两段，与二十四小时制相对应。

关于汉代度量衡体系的争论至今依然存在。本书采用主流观点，汉代度量衡和公制的换算标准如下：一石约折合32千克，一里约折合415米，一丈约折合230厘米，一尺约折合23厘米，一寸约折合2.3厘米。

夜晚的第七个小时

（00：00—01：00　后子时）

医者开药方

广大夫正要吹灭烛火、上榻睡觉，猛烈的敲门声响了起来。妻子忙着去开门，广大夫先是听到一个惊慌的声音，然后才看到是谁深夜登门打扰。那是一个神情绝望的女人，广大夫几乎没能认出她是自己的侄孙媳妇。侄孙媳妇气喘吁吁，满头大汗，一边喘息，一边告诉广大夫，她的丈夫昏倒了，从傍晚到现在一直卧床不起，现在已经神志不清，胡言乱语。

广大夫准备跟着她出诊。他拿起自己小小的漆面药箱，松了口气，多亏了二十年来的行医经验，药箱里一切所需之物均已准备妥当。

今晚早些时候，广大夫接待了一位打寒战、发冷汗的病人，为他开了一个用黄酒送服姜末的方子。广大夫一回到家，就写下这位病人的症状和对应的疗法，又从灶火旁一张矮几上的铁锅中取出一些药丸，补充到随身携带的药箱里。有时，他会用这口铁锅熬药；不用制药的时候，这口锅就用来存放药丸、草药，以及那些体积太大、不便存放在随身药箱里的药品。

自从广大夫回乡行医以来，这只药箱发挥了巨大的用处——实际上，这已经是广大夫的第二只药箱了，第一只药箱在另一个紧急出诊的深夜里被他在忙乱中摔坏了。在他看来，病人似乎都要等到重病垂危才请他出诊，但好在他们还是请他来了。

广大夫刚回乡行医时，村民对他的怀疑几乎到了厌恶的程度。显然，前几年来村里行医的那些大夫和他认识的许多大夫一样，都是夸夸其谈、招摇撞骗之徒，与医术相比，他们更精于敛财之道。村民过了很久才意识到广大夫与众不同。他并非出身于医生世家，也没有其他学医的社会关系，从医是出于他对医学的真心热爱。在学医的道路上，没有人为广大夫领路，他混迹于游医之间，随时随地、竭尽所能地学习医学知识。

幸运的是，广大夫的天赋得到了一位老大夫的认可。这位老大夫已是垂暮之年，却没有子女愿意继承衣钵。他很庆幸遇到了广大夫，能让自己多年的行医经验和宝贵的医学知识不致随他一起离世。

元始五年（公元 5 年），汉平帝颁布诏令，将通晓方术和本草之人征召至京师[1]。此时的广大夫通过自己的努力，已经成为一位受人尊敬的医师，他在大汉宫廷中度过了五年，从同僚身上学到了更多医学知识。在宫廷中，广大夫可以与医术高明的同僚一起工作，也享受着御医身份带来的尊荣，但他一直明白，真正需要自己施展医术的地方不是这里。

最终，他决定回乡，并在那里安家立业。想要改变之前的大夫给当地百姓留下的招摇撞骗的坏印象并不容易，但广大夫有一大优势：他的病人通常能够好转。实际上，单说他这个侄孙，广大夫就已经救治过好几次了。

这个可怜的小伙子天生消化系统不好，广大夫想。这是家族遗传，也是广大夫想要从医的原因之一。多年前，他不得不眼睁睁看着自己的兄弟和侄子在痛苦中煎熬，最终死于类似的慢性胃病。广大夫由衷希望治好这个侄孙，最起码延长他的寿命。他不想看到兄弟留下的唯一血脉也不幸病故，且死前没能留下任何子嗣。

广大夫穿过村子，侄孙媳妇在他身旁一路小跑。他心焦不已，这条路他已经走过太多次了。令他担心的是，尽管他尽了最大努力，多年来病人的健康状况却一直在缓慢恶化。

1《汉书 · 平帝纪》载，元始五年春正月，“征天下通知逸经、古记、天文、历算、钟律、小学、《史篇》、方术、《本草》及以五经、《论语》、《孝经》、《尔雅》教授者，在所为驾一封轺传，遣诣京师。至者数千人”。（本书注释除特别说明外，均为译者所加）

今晚病人突然昏厥了。广大夫知道这一定是某种原因引起的，他颇为严肃地问起侄孙媳妇此前发生了什么。

原来，这位侄孙当天下午参加了一场宴会。惊慌失措的侄孙媳妇告诉广大夫，她的丈夫只吃了一些猪肉，在宴会上还一切正常；但他们回到家后，他就开始呕吐。大步赶路时，广大夫一直思考着这些症状。

“他什么时候吃的猪肉？在那之前还吃过什么？”

“上个月寒食节期间，他坚持禁食。直到几天前，他都只吃冷食。后来他因为禁食变得非常虚弱，这才开始吃一些干粮。他是不是猪肉吃得太多了？他就是不听我的话，今天下午吃了太多猪肉，我试图阻止他来着。”

广大夫什么也没说，他不想让侄孙媳妇更担心，只在心里唾弃寒食节这种毫无意义的习俗。这些年来，有几个年岁更大、身体也更虚弱的病人就是被这种习俗夺去了生命。著名的介子推（死于公元前 636 年）在拒绝为晋文公（公元前 671[1]—前 628 年）效命后隐居深山，抱树而死，但这是否意味着其他人在几个世纪之后仍要效仿这种义举，继续丧命？然而，从冬至到早春，仍有许多汉人小心翼翼地不生明火，只吃冷食，丝毫不在意这种习俗对健康造成的损害。

他对侄孙媳妇厉声道：“我告诉过你，也告诉过他很多次，保护五脏的关键是规律饮食，既不能暴饮暴食，也不能

1 晋文公重耳生年有争议。——编者注

吃得太少。肥肉和酒更要避免，它们会让你的肠子烂掉。[1]”广大夫想要减缓步速、降低音量的时候已经太晚，侄孙媳妇哭了起来。

早期医学证据

与临床症状和医学诊断密切相关的阴阳学说在汉代得到发展。在马王堆三号墓中，发现了两部保存良好的医学典籍[2]，其中记载了11条阴阳经脉。马王堆汉墓是著名的西汉早期贵族墓地之一，保存状况极好，还出土了一具女尸——辛追夫人。

医学典籍中还有对疗法的记载。另一个非常重要的发现来自老官山汉墓，其中出土了多部失传的扁鹊学派医书和一具标有经脉和穴位的髹漆木人。这些发现为理解经脉理论的起源，以及如何将经脉理论用于诊断和治疗，提供了关键证据。

“这些我都记得，叔祖，但那个蠢人从来不听我的。您知道他有多固执，而且他每次发病，脾气就变得更差。我的

1《吕氏春秋 · 本生》：“肥肉厚酒，务以自强，命之曰烂肠之食。”

2 即《阴阳十一脉灸经》和《足臂十一脉灸经》。

命太苦了！”

令广大夫欣慰的是，在他不得不应付这个惊慌失措的女人之前，他们就赶到了病人的家。广大夫无视侄孙媳妇的啜泣，一进门就直奔卧室，他的病人在被褥里犹自颤抖，几乎已经失去知觉。

广大夫靠近床榻，抓起这个年轻人的右手腕，一边为他号脉，一边向侄孙媳妇问话，并时不时打断她过于絮叨的回答。广大夫确信，病人头两天晚上就在盗汗，今天吐过之后，汗出得更多了。然而，他似乎一点儿也不觉得口渴。这颇为反常，平常健康的时候，他通常会在晚上喝一杯水。

广大夫点了点头，将手从病人的手腕上移开，一边检查病人的颈动脉，一边用另一只手轻按病人的胸部和后背。侄孙媳妇注意到他的动作，告诉他，病人并不觉得背疼，但她看见丈夫好几次紧紧捂住自己的腹部。她说这话时，她的丈夫睁开红肿的双眼，再次按住了自己的肚子。

患者颈动脉脉搏正常，桡动脉脉搏却异常缓慢且不稳。广大夫认为 ，他可以排除这是外邪所致，而是长期脾胃虚弱导致的阴盛阳虚之症。脉息沉缓、呕吐、腹痛，感觉不到口渴，都是阳虚的典型症状——广大夫以前在侄孙身上也见过这些症状，当下就更容易诊断了。

幸运的是，尽管侄孙已经进入慢性胃病的急性发作期，但他的脸色还是黄的，没有变黑，也没有翻白眼。猪肉对病人虚弱的脾胃造成了巨大损害，但仍可治愈。广大夫如此说完，侄孙媳妇大大地松了口气。

广大夫打开药箱，几枚铜针和砭石滑了出来。侄孙媳妇看到这些器具，不禁叹息出声，因为针灸对她丈夫的病情疗效甚微。她知道大夫对此也心知肚明，认为这是近乎无计可施了。

广大夫此前曾数次尝试用针灸治疗自己这位侄孙，都没有成功，但每次也是试试便作罢。患者的脏腑过热，而广大夫所属的医学流派认为，在这种情况下，应禁止使用针灸疗法。尽管秦代一些流派的医生认为几乎所有病症都可以施以针灸，但在广大夫看来，有时这只会增加病人的压力。他更倾向于使用草药，而仅把针灸作为辅助疗法。

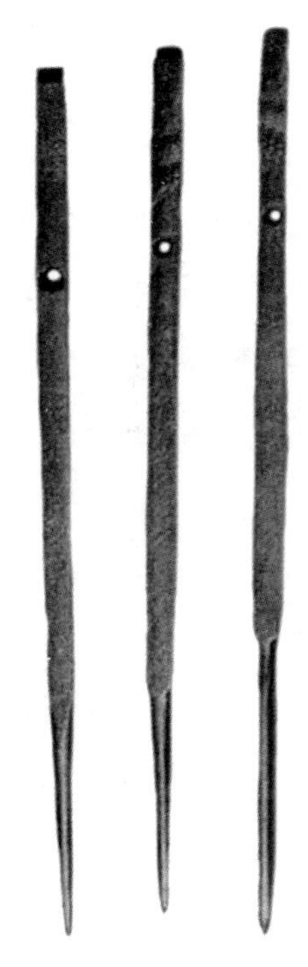

满城汉墓出土的金针

侄孙媳妇抱着些希望，站在广大夫身边，等着他给出预后判断和诊疗办法。广大夫斟酌起来。侄孙的胃病已经发展到一个棘手的阶段，服用汤药的确可以治疗疾病，但也有可能使病患死亡。实际上，由于病人现在过于虚弱，任何强效药剂都有可能致命。最后，广大夫将少许杜衡、桂枝和茅苍术放进自己的小药钵中。

他把这些草药磨成粉末，用小

勺舀出来递给侄孙媳妇，并指示她喂给病人。他自己则观察病人能否顺利吞咽及对这些药物的反应。

看到自己的侄孙不大费力就服下了药粉，广大夫放下心来，这个年轻人的病情已经趋于稳定。静养是病人目前最需要的良药，只要脾胃对药物反应良好，其他脏器就也能得到治愈。脾胃至关重要，一旦脾胃空虚，其他脏器也会虚弱无力。

医者淳于意

淳于意（公元前215—前140年），西汉时人，擅长切脉、诊断及开方用药，在成为大夫之前，曾任齐国的太仓长，掌仓谷之事，人称“仓公”。

他的著作《诊籍》中共记载了25个典型病例。在每个病例中，淳于意都记录了病人的姓名、性别、职业、籍贯、病状、病因、发病机理、疗法、疗程等等。

这25名患者来自不同的社会阶层，患有不同的疾病。在15例成功治愈的病患中，有13例使用处方药剂，4例用到了针灸疗法；而对于另外10个病例，虽然淳于意给出了精确的诊断，却无法治愈病患。尽管如此，淳于意还是如实记录了这些治疗“失败”的病例。《诊籍》中记载的详细医案为研究西汉的医学教育和临床实践提供了翔实资料，受到后世学者的一致褒誉。

广大夫边收拾药箱，边叮嘱侄孙媳妇，让她给病人喂一些食物，但务必适量。丈夫患病多年，她也知道几种适合的食物。每当丈夫胃病发作，她便会熬一些粥，按照一比八的比例放入小麦和水。

人们认为麦粥可以养胃，因为粥能补气，进而滋补其他内脏。广大夫也同意给侄孙喂一些麦粥，但他建议粥要熬得稀一点，小麦和水的比例改为一比十五。他告诉侄孙媳妇，熬粥时要么烧柴火，要么把烧热的石头放入锅中，通过石头的热量把粥熬熟。侄孙媳妇为准备做饭忙得团团转，广大夫起身告辞。

在侄孙家问诊开方时，广大夫试图维持职业风度。直到走出屋门、踏入夜风中，他才意识到后背已经被汗水浸透。他不禁猜想，难不成是这栋房子让侄孙生病的吗？

早年学医及其后与其他大夫在宫廷供职期间，广大夫对大为流行的术数、方术和巫术都有所涉猎。以方术的角度来看，住宅的许多因素都会影响主人的健康——朝向、建材、地板，以及墙壁的高度，都需要考虑。

广大夫穿过黑暗的街巷往家走，他还在思索侄孙家的住宅结构，琢磨哪些地方可以重新设计改造一番。修葺房屋也许可以帮助病人恢复健康，当然也可能帮助不大，但不妨考虑考虑。

夜晚的第八个小时

（01：00—02：00　前丑时）

盗墓贼作案

在月光下，高原看似空旷，长长的野草丛中却至少藏着一个人。他正小心翼翼地环顾四周，确保这里没有其他人。盗墓贼老吉非常清楚，一旦他的秘密地道被发现，将会产生什么样的致命后果。所以，在同伙回来继续开挖之前，他早早过来勘察四周，谨防当地县衙派兵伏击他们。

老吉是偷坟掘墓的老手，但团伙中另外两个家伙经验就没有这么丰富了。看见二人沿着斜坡朝自己走来，老吉简直气得说不出话。这些傻瓜在月光下难道看不到路吗？此时皓月当空，但他的同伙居然打着灯笼，向方圆几里的所有人发出信号：这座古老墓葬周围正在进行可疑活动。

野蛮大胆是一回事——游侠往往免不了这副德行，而老吉正是一名游侠，但愚蠢到自取灭亡就是另一回事了。老吉常常身无分文，他只要一有钱，就去赌博、狂舞、纵酒，在一夜之间将钱财挥霍殆尽。这样才不失游侠本色。他们拒绝循规蹈矩，对道德规范不屑一顾。但老吉在下赌注时，也会小心计算赔率。在与人打斗时——对他来说那是家常便饭，则要确保自己能够赢得胜利，为此他花费了大量时间练习武术，丝毫不亚于在饮酒作乐上花的工夫。

游侠

这群无法无天的人在汉代形成了一个新的社会阶级。最初，游侠是正义的化身，在平民阶层中享有很高的道德声誉。但违背礼教的处事原则和接连不断的非法杀戮，最终让他们成为社会秩序和公共安全的潜在威胁。

郭解是西汉时期著名的游侠。他年少时野蛮妄为，充当匪徒的雇佣杀手，还大量参与挖坟盗墓和伪铸货币活动。随着年龄渐长，郭解收敛性情，也因彬彬有礼、善于调停而赢得了一些声誉。后来，郭解的门客杀了人，最终导致郭解全家被诛。

这就是他在月光下等得如此不耐烦的原因。另外两个盗墓贼中，年龄较长的叫老朱，在他们刚刚找到这座墓穴的时候，他居然想在光天化日之下挖坟。老朱挥舞双臂，指着周围干旱的荒地质问老吉：这里有谁会看到他们？但老吉只是摇头，用另一个盗墓者的故事反驳他。那人最近刚刚明目张胆地挖了一个地道，潜进一座敕造祠堂里，和同伙偷走了一面精美的青铜牌饰。结果由于缺乏警惕，他不得不用自己的头作为交换。之后，朝廷为表达对偷盗行为的震怒，诛杀了这个人的全族。劫掠神圣之地是朝廷正在打击的罪行之一，即便是最野蛮的强盗，也绝不可掉以轻心。

他们并不赶时间。反正无论老朱什么时候拿到报酬，它都不会在他的钱袋里待太久。通常，用不了一个晚上，老朱就能在酒肆和赌桌上败光家财，然后重新寻找下一个勾当。所以，就算再多花两个晚上小心挖掘古墓下的盗洞，也没什么大碍。

今夜，他们大功将成。不出半个时辰，他们就能进入墓穴之中，但老吉还不太确定他们会在墓中发现什么。他对墓穴的了解十分有限，无外乎一些流传的秘史、谣言和当地传说。他心里明白，这些传说随着时间的流逝愈发夸大其词，但他衷心希望那个故事是真的——在盗洞的另一头，睡着一位富有王爵的夫人。据说那位王爵富可敌国，不仅他的金匮中藏满珠宝，就连床上也布满黄金。

老吉心急难耐，看到同伙到来，他只是瞪了对方的灯笼一眼，随后没好气地指了指盗洞入口。他已经把掩盖洞口的荆棘丛移开了。

盗洞又黑又窄，三人像蚂蚁一样排成一线向洞中爬去。老吉打头阵，老朱和新手小万紧随其后。老吉知道小万一进墓穴就紧张得要命，他满脑子都是关于干尸和尸体的迷信故事。那些尸身被浸泡在棺椁中的防腐液里，宛若刚刚过世一般，似乎尚有生气。而且它们还会睁开眼睛，一眨不眨地盯着打扰自己安息的强盗。

然而，事实并非如此。在所有洗劫过的墓穴中，老吉从来没有见过那些传说中的毒气和机关。尽管从死人身上偷东西会遭到诅咒，但他至今仍毫发未损。他曾向小万耐心地解释过，他们将会找到一具棺椁，希望它能像所有祠堂一样施有漂亮的彩绘（因为这意味着墓主人非常富有）。理想情况下，尸体会穿着一套玉衣，而玉石不管在今生还是来世都价值连城。尸体旁边放着一只玉蟾，比小万怀里藏着的小盒子还大一些。他们可能还会发现剑和镶嵌着贵重宝石的匕首，或者其他数不尽的财宝。你永远不知道墓穴里都埋着些什么。

一行人来到上次黎明前他们停工的地方。那时，老吉挖完最后一镐土，他的同伙则把墓土清到一边，以防墓土阻塞盗洞。老吉跪在地上，一只手放在面前封死的土壁上，另一只手在身侧的墙面上轻轻拍打。前方的土壁毫无动静，盗洞侧壁却传来低沉的闷响。回声极其轻微，对老吉来讲却像咆哮一般响亮。“这儿一定就是入口，”他说，“咱们明天就打开它。”

现在，他们心跳加速，期待着今晚能满载而归。老吉用手清理积土时，小万提着灯笼替他照亮。然而，令老吉非常不安的是，他发现挖出的墙壁是砖砌的。他一直期待的是柏木，由柏木筑造的墓壁是所谓“黄肠题凑”的一部分。这种结构被用于汉代贵族阶层的墓穴。汉代皇室认为，柏木是建造死后永生之所的最佳材料。砖室墓则说明墓主可能是一位富有的朝臣，但不是他们期待的那种几乎拥有无尽财富的大贵族。

老吉没好气地在墙上敲出一个洞，然后伸手阻止老朱爬进去。“等里面的浊气散干净再进。”墓穴中煞气袭来，老吉对此很有经验，得等阴冷的空气从长期密闭的墓穴中释放出去，才能安全地进入墓穴。黑夜中，一股闷浊的气流从他们身边拂过，他们似乎被迫等了一辈子那么久，可实际上，浊气片刻就散尽了。

老吉一马当先爬了进去。他把灯举得很低，以免点燃墓墙后面的任何可燃物。待他瞥见墓顶的彩绘壁画，便把火把举高了。在老吉的犯罪生涯中，他曾去过附近不少地方，尽管大字不识，却对自己造访过的祠堂和墓穴中的古物愈发迷恋。无论是敬拜还是盗窃，他都喜欢停下来欣赏自己遇到的绘画和其他艺术品。

他从未受到过良心的谴责，也从不后悔自己选择的这门营生。然而，他非常清楚，盗墓的确是“没有出路”的行当。从精神上来说，盗墓意味着坠入永恒的黑暗，这里既没有出口，也没有未来。但是，凭什么他此刻所见之美只供死人享用呢？他曾在繁忙的街市上偶然听到一堂课，至今时常能回想起那时的只言片语。课上，老师一直在讲述盗窃的危害，一名学生却引用了《庄子》中的一句话："彼窃钩者诛，窃国者为诸侯。"后来，老吉得知这句话出自《庄子·胠箧》。

一开始，老吉只当这是一个有趣而促狭的玩笑。然而，他越细细品味，越觉得这句话的含义微妙而复杂。现在，老吉几乎把这句话当成自己的座右铭，并以此辩解自己的所作所为。

老吉站在墓室中央，高举火把，伸着脖子仔细端详穹顶的壁画。他招呼同伙也赶紧过来看看。

"你们看，这四种异兽代表了四个基本方位：东方，青龙；南方，朱雀；西方，白虎；北方，玄武。"他惊奇地摇了摇头，"它们是不是美极了？"

另外两人毫无兴致地打量着穹顶，显然很不耐烦。突然，老朱叫道："快看这个！"墓室的角落里，散落着数不尽的铜钱。小万立刻从包里取出一个大袋子，激动万分的老朱开始用手将大把大把的铜钱铲进袋子里。老吉却对此无甚兴趣，他咬着嘴唇，仔细研究这间墓室，并暗自思量，铜钱如此杂乱地撒在墓室里可不是什么好兆头。葬礼是讲究秩序的。如此看来，在他们进入墓穴之前，已经有人造访过这里了。

另外二人对此毫不在意。既然他们已经发现了这么多钱，就不再费心考虑为何之前的盗墓贼会傻到把巨额财富留在墓中。他们还没有意识到这些铜钱意味着什么。然而，老吉突然决定做最坏的打算。是时候离开这间前厅，进入主墓室了。如果有陪葬品的话，主墓室才是最有可能发现宝物的地方。实际上，现在是时候让老朱和小万明白，除了那些铜钱以外，他们现在所在的这间前厅已经几乎被人盗空了。

老吉猛一低头，示意墙壁下半部分还有一扇紧闭的小门，另外二人都没有注意到这个门。小万是个新手，而老朱只跟他盗过几个小墓，所以他们并不了解皇室墓葬的规制。即便是老吉自己，也只偶然发现过一座皇室墓。

向来性急的老朱抓起镐头，打算破门而入，却在挥镐砸门之前被老吉一把攥住镐柄。“你就不能容我把话说完再动手吗？哪怕就一次！”

老吉轻轻推了推那扇小门，小门居然打开了，吓得老朱倒退一步，铁镐也掉落在地。门轴发出轻轻的嘎吱声，但除此之外，这扇门开得轻而易举，就好像有人在另一侧邀请这些盗墓者进来一样。小万站在二人身后，一动不动，甚至没有发出一丝声响。老吉赞同小万的做法，按照他的思维方式，恐惧催生谨慎，而即便是盗贼，在墓穴中也应该谨慎行事。

门后的房间出乎意料地宽敞。弯腰进来之后，老吉第一件事就是寻找壁画。壁画的风格是他没见过的。微微拱起的穹顶被描绘成天空的模样，象征着太阳的金色圆圈中勾勒着

西汉海昏侯墓出土的五铢钱

一只黑色的乌鸦，旁边有代表月亮的蟾蜍和桂树，其他异兽正围着它们载歌载舞。在火把闪烁火焰的映照下，这些异兽显得栩栩如生。这次，他的两个同伙没有打扰他，只是安静地站在一旁。实际上，他们也被眼前所见的壁画震惊了，穹顶上的美丽彩绘使他们呆若木鸡。老吉反而第一个回过神来。

他一边呵斥犹豫不决的同伙，一边指向一只青铜壶和一只青铜碗。他们要开始洗劫了。青铜器旁边还有两个陶器模型，一个是供农民储存粮食和其他东西的仓库的模型，另一个则是厨灶模型。小万疑惑地看着老吉，但老吉摇了摇头。这些东西并不值钱，不过老吉还是试着摇了摇那个仓库模型，看看是否有值钱的东西藏在里面。之后，所有人都将注意力转向了棺椁。

现在看来，这座墓显然已被盗过。任何一个有财力绘制如此精美壁画的人，都不会满足于在自己的墓室中只放这么少的陪葬品。然而，散落在前厅中的铜钱又给了老吉一丝希望。上一拨盗墓贼一定是出了什么状况，才没能把铜钱洗劫一空。或许那些人还没来得及打开棺椁？

木质棺椁的部分漆面已经剥落，但上面描绘的一些几何图案和异兽形象即使在昏暗的火光下也清晰可见。棺盖的红色渲染出一种庄严之感。

老吉踌躇了，不是由于恐惧，而是出于对死者的敬重。他身后的老朱则在大声抱怨，到目前为止，他们所获甚少，完全不足以弥补整整三个晚上的恐惧和辛劳。老朱之前的兴高采烈已经被深深的悲观情绪所取代，他看着老吉用镐撬开棺椁的一端，几乎已不抱任何期望。由于棺盖的其他几个角还是封死的，棺椁发出嘎吱一声响。随后，棺盖被撬开了，老朱最担忧的一幕映入眼帘——棺材是空的。

老吉感到有些困惑，为什么之前的盗墓贼没有扒走尸身上值钱的东西，反而盗走了整具尸骨呢？他暗自松了口气，一股难以掩饰的解脱感油然而生，毕竟他们不用真的从死人身上偷东西了。同时，他又对同伙感到愧疚，他们一夜暴富的希望算是破灭了。他拍拍老朱的手，让他安静下来，然后径直跨进棺椁中，以便查看棺椁里面的情况。他已确知棺椁里没有停放尸体，之前的疑虑一扫而空。

老朱意识到老吉可能对自己有些恼火，不再多言，只随着老吉迈步，举着火把替他照亮。棺材底部有几条黑色的布料——这是用来裹尸的绳子。老朱和小万全神贯注，眼睛一眨不眨地盯着老吉在棺材里摸索的手。当老吉捡起一支镶嵌宝石的青铜发簪时，两个人几乎齐声大喊：“珠宝！”随后，老吉又发现了一小块黄金。

老朱欢欣鼓舞，也加入了寻宝的行列，现在小万不得不一个人举着两支火把。然而，即使两个人一起摸索，也很快就发现棺材里没有其他东西可拿。老吉退后站定，从口袋中取出一块布料，小心翼翼地把发簪和小金块裹好。他环顾四周，发现那些壁画仍然精美动人，但不知何故，现在似乎散发着慑人的气息。他们得走了。他可以感觉到一股阴气正在墓穴中不断凝聚，他知道他们已经待得够久了。

老吉告诉老朱和小万，离开时把前厅地板上剩余的铜钱也一并带走，然后三人退回到砖墙上凿开的缺口处。老吉蹲下身，回头向那些壁画望了最后一眼。他之前没有留意到，后墙上还画着一棵树。树木高大，枝叶繁多，通体绘以令人不安的淡红色，看起来有些怪诞离奇。

老吉研究了一会儿这幅令人不快的画面，想知道这是否他们此行的厄运之源。之后，他摇了摇头，快步跟上其他人。

夜晚的第九个小时

（02：00—03：00　后丑时）

接生婆接生婴儿

乃生男子，载寝之床。载衣之裳，载弄之璋。其泣喤喤，朱芾斯皇，室家君王。

乃生女子，载寝之地。载衣之裼，载弄之瓦。无非无仪，唯酒食是议，无父母诒罹。

——《诗经·小雅·斯干》

最近，家里的所有事似乎都凑到了一起。尽管全都是喜事，却让家里的每个人，尤其是陶奶奶异常忙碌。先是她长子的女儿出嫁了，之后，她的小儿子在专门为此建造的新宅里安了家。而此时此刻，在刚刚建成的新家中，在这个夜晚中最黑暗的时刻，她小儿子的媳妇即将生下他们的第一个孩子。

此前，稳固的朝局，以及由技术创新和开明政令所催生的农业革命，曾为大汉王朝带来一个人口增长期，全国人口增加了三倍左右。由于医疗条件的改善，分娩时产妇和婴儿的死亡率也有所降低。

汉代的医生对人类生殖的全过程——从受精到怀孕，从婴儿出生到产妇产后护理，都已经有了全面的理解。令人高兴的是，除非出现并发症，大多数汉代孕妇最多只需要偶尔看看医生。除了婴儿和产妇自己，在分娩过程中参与最多的是接生婆。陶奶奶的儿媳非常幸运，当地最好的接生婆就是陶奶奶自己。

作为一名经验丰富的接生婆，陶奶奶已经为自己的村子和周围的村庄接生了很多孩子，实际上，她也亲手接生过自己的其他孙辈。然而，尽管经验老到，但陶奶奶仍然对一些乡野迷信深信不疑。比如，她几乎神经质地坚持，应该妥善保存产妇在分娩过程中脱落的胎盘和其他一些身体废物，坚信如果不这样做的话，就会影响新生儿和产妇的健康。

怀孕和分娩的早期知识

在湖南长沙的马王堆汉墓中出土了许多保存极好的医学典籍和帛画，为我们了解西汉长沙国的妇科知识提供了珍贵的实物资料。马王堆三号墓出土了一卷

《胎产书》。这卷帛书约四百字，是中国古代最早的妇科专著之一。《胎产书》为后世提供了明确的证据，表明西汉时期人们已经具备了先进的产科知识。此外，他们对胚胎从孕期的第一个月到第九个月如何在子宫里发育也有基本的了解。

记录在绢帛上的产科医学专著《胎产书》

小儿子的新房离母亲家不远，以便陶奶奶可以随时照看儿媳。儿媳即将临盆，随时都有可能发动产程。一旦开始分娩，陶奶奶就要即刻采取行动。儿媳曾经流产，尽管到目前为止，孕期中一切进展顺利，但作为接生婆，陶奶奶仍然开心不起来。

首先，这个孩子可能会在五月降生，陶奶奶认为这是不吉利的，因为根据迷信的说法，五月降生的孩子在长大后更有可能不利自身，或刑克父母。陶奶奶的丈夫耐心列数了所有五月降生的孩子（其中很多人还是陶奶奶亲手接生的）在长大后都成为村里的可靠成员，但陶奶奶仍然担心这个孩子会应验迷信的说法，成为一个例外。

事实上，陶奶奶对于出生月份的烦恼，隐藏着她对分娩本身更强烈的担忧。作为接生婆，她经历过一些残酷的死亡病例，她看着儿媳，总会情不自禁地回想起那些产妇难产时的惨状。如果她的孙子出生时也遭遇母亲难产该怎么办？如果她的手艺救不了儿媳或孩子，又该怎么办？

尽管近年来社会发展迅速，但人群中还是充斥着陈规旧俗，决定了婚礼、葬礼和分娩应该如何进行。其中一条习俗严格规定，孕妇在生产的当月应搬到偏房居住。

富裕人家有事先盖好的产房，而穷人家只能临时搭建一间茅屋。但无论如何，偏房才是准妈妈该待的地方，她们被禁止与丈夫有任何接触。生产时，丈夫只能焦急地在外面走来走去，并通过中间人询问妻子的情况。

自然而然，小儿子盖新房时，陶奶奶坚定地要求增盖一间产房。很明显，她这是在暗示儿媳要经常使用这个房间。生产期间夫妻二人不能相见的习俗异常严格，陶奶奶就遇到过这样的情况，由于没有偏房，妻子生产时，丈夫被从自己的家中立刻赶了出去，或是孕妇不得不被安置在墓园边或树林中的茅棚里。

无论如何，小儿子的新房有一间小小的偏房，在儿媳搬到偏房全天居住之前，儿子和儿媳被仔细教导了该在何时、何地、如何见面或避而不见。得益于这些训练，当小儿子听到妻子在新住处发出痛苦的尖叫时，他没有立刻冲到她身边，而是急忙跑去找母亲，告知她妻子临盆的消息。

现在，期盼已久的紧张时刻近在眼前。从某种程度上来说，这也是一种解脱，毕竟陶奶奶不确定自己还能等多久。但她确实也涌起一股小小的职业满足感，因为她确信，产妇将在今晚发动产程，为此甚至都没有脱衣睡觉，而是警醒地守了整晚，把所有需要的工具都放在手边。

陶奶奶大步走进产房，检查了墙上挂着的弓箭。儿媳怀孕三个月以后，她就命令儿子把弓箭挂到墙上。根据古代习俗，在房门左侧挂一把木弓，将会诞下一个男婴；而在房门右侧挂一块帕子，则会诞下一个女婴。陶奶奶对这一迷信坚信不疑，尽管这种说法只有半数应验。它只是在提醒接生婆，准父母有时候连这种最简单的习俗都没法正确执行。

对于陶奶奶来说，生个孙子是一件很重要的事情，因为男孩不仅能传承家族的血脉，还能让父母免除一些劳役，并减免税收。出于对男孩的渴望，陶奶奶强迫自己可怜的儿媳遵守一系列严格要求，包括生吞活虫子，把狗的阴茎和丈夫的头发磨成粉混入水中喝下去，以及饮用类似的“进补”饮品。

绝望的准妈妈别无选择，只能遵守一切迷信习俗。成婚三年以来，她还没有为丈夫诞下一个孩子，为此她感到十分内疚。让她感到非常沮丧的是，自己的嫂子燕娘，似乎毫不费力就生了两个健康的男孩，而且没有服用过她婆婆那些恶心的药剂。

陶奶奶进入房间时，准妈妈正躺在一张矮榻上大声呻吟。接生婆立即断定，产妇的姿势不对。她粗鲁地让兀自呻吟的儿媳坐直，匆忙重新点燃炉子，让炉火慢慢燃烧起来。半个月以来，她一直怀疑儿媳生这一胎时不会太顺利，所以她要把热水尽快准备好。她带了许多干净的布，就放在床边，还带了一把不吉利的大剪刀。

显然，陶奶奶来得正是时候。产妇的羊水已经破了，浸透了床上厚厚的稻草，几乎就要慢慢滴到地板上——绝不能发生这样的事，生产时流出的体液绝不能滴到地上，因为家里的男性成员可能看到这些污秽，而这将立刻为全家招来厄运。

陶奶奶把稻草从床的另一端迅速拉了过来，铺在儿媳的身下和周围，避免了这场灾难。在旁观者看来，陶奶奶似乎不分轻重，完全忽视了眼前真正的紧急情况。但在汉代，人们已经认识到，隔绝体液和家庭空间确实能避免“厄运”，尤其是那种由于糟糕的卫生环境和细菌感染造成的厄运。考虑到这一点，陶奶奶从门边的桶里抓起一些灰撒在床前，以便吸收任何可能污染产房的致命液体。

正当陶奶奶忙着处理这些的时候，她的大儿媳燕娘也赶到了，并立刻打起下手。陶奶奶指示燕娘到弟媳身后去，搂住她的腰。产妇马上要生了，比陶奶奶一开始料想的要早得多——她的宫颈已经张开，并开始出血。从第一次阵痛开始，这个傻姑娘一声不吭地忍了多久？看样子，起码有好几个时辰了。

“燕娘，抓住你弟媳的胳膊，用最大的力气往前推。”陶奶奶说，然后，她告诉准妈妈要深呼吸，并亲自示范，通过大声喘气来向儿媳演示该怎么做。

陶奶奶跪在床边，双手放在产妇的腿上，帮她更用力地推——这引来了一阵声嘶力竭的惨叫。产妇身后的燕娘看起来吓坏了。她生孩子时相对轻松，现在她终于明白自己有多幸运。她很想问问弟媳是否安好，但最终决定在如此杂乱的情况下还是不要发出声响，何况弟媳的尖叫已经吓坏了产房外焦急等待的小叔子，他正急切地向屋里大声问话。隔着墙壁，音量减弱了不少，但周遭还是越发喧哗。

实际上，陶奶奶感到很惊讶，或者更准确地说，感到惊喜。她发现，尽管产妇叫声凄惨，产程却极为顺利。真是奇迹，陶奶奶已经看到婴儿的头了。新妈妈为了迎接这个即将降生的孩子，发出了又一声震耳欲聋的惨叫。

这引起了墙外另一波关切的叫喊——叫声突然变得清晰，因为陶奶奶出人意料地站起身，猛地推开房门。她的两个儿媳都看着她，震惊地睁大双眼，小儿媳甚至被吓得一时间忘了尖叫。

小儿子想要进屋，陶奶奶伸手阻止。“你不要进来，连看都别看。我必须把门打开，这样她的宫口才能开得更宽，孩子才更容易生出来——你给我退后！”

产妇扭脸想看一眼自己的丈夫，陶奶奶急忙退后，抓住她的膝盖向前推压。“专心！”陶奶奶喊道，“你也是！”这次是冲着燕娘，一直在产妇身后相扶的大儿媳，“继续撑住她，现在可不是懈怠的时候。”

燕娘的额头和衣服都在滴汗，她什么也没说，只用眼神回应婆婆。陶奶奶没有再注意燕娘，此刻，她惊讶地看着小婴儿，心里如释重负，孩子已经从子宫中完全挤出来了。

谁能料想得到呢？从家中被叫到这里才不过半个时辰，她就已经抱着新生儿，为孩子清洗身体了。响亮的哭声表明孩子的肺非常健康。她原本以为此次生产会是一次耗时长久、异常艰辛的难产，实际进展却如此迅速和顺利，几乎打破了产妇首次分娩的纪录。神灵确实在保佑他们。

新妈妈精疲力竭地躺在床上，全然不知自己原本有可能经历难产。当陶奶奶准备剪断脐带时，产妇兴味索然地看了过来。此外，还要从产妇体内清除胎盘，但既然孩子生得并不困难，陶奶奶确信这事也会轻而易举。

新生儿必须清洗干净，用洁净的布料包裹好，抱到母亲身边。然后，胎盘和脐带要一起储存到米糠中。下个月，陶奶奶会选定吉日吉时，把这些东西埋到地里，以确保孩子能够健康成长。

毫无疑问，孩子在洗澡时会哭闹，而陶奶奶命令新妈妈喝一口孩子的洗澡水时，儿媳可能也会摆出一副苦脸。但由于陶奶奶的养生之法已经有了如此令人满意的结果，她的命令几乎不会遭到反抗。不过，她还是不得不解释，喝下孩子的洗澡水可以帮助保护产妇的内脏免受刚刚生产带来的冲击。

忽然安静下来的产房、婴儿的啼哭声和燕娘的轻柔低语，都让小儿子意识到，孩子已经平安降生了。“娘！”他大叫道，“告诉我，是男孩还是女孩？”

陶奶奶面有愠色，瞥了一眼墙上挂的弓箭，但是，她太高兴了，也如释重负，顾不上计较孩子的性别。她大声回答：“是个女孩，是个可爱的闺女！”

人口的急剧增长和萎缩

根据公元 2 年开展的人口普查来看，在短短几十年间（公元前 202 年—前 130 年），西汉的人口从大约

1300 万增长至 3600 万。尽管由于连年不断的军事征伐，到汉武帝在位末年，人口曾急剧下降至 3200 万左右，但在其后不到一个世纪的时间里（公元前 86 年—公元 2 年），大汉帝国的人口又攀升至 5900 万以上。

夜晚的第十个小时

（03：00—04：00　前寅时）

马夫的抱怨

此刻的马厩很是安静，鲁师傅一边走，一边清点自己照看的马匹，这里的很多栏位已空空如也，令他不住摇头叹息。他在马厩的尽头停下，望向院子对面坏掉的篱笆，这时，一股轻柔的微风吹过马厩，带来了院中干草堆的甘甜香气。这已经是这个月第三次小偷打坏篱笆前来造访了，鲁师傅心中涌起一股苦涩的怨恨——不仅是因为他和同僚需要再次修理篱笆，还因为这些破墙而入的马贼越发明目张胆，朝廷对他们的掠夺行径却无动于衷。

同僚老曹从后面走近时，鲁师傅看到自己的影子被火光投射到院中。鲁师傅从不赞成在遍布易燃物的马厩里点燃火把，但这位体格魁梧的同事一听到小偷闯入的声音就急忙赶到马厩，让他心存感激。及时赶到的老曹可能给那些强盗来个措手不及（尽管这种可能性微乎其微），那时火把就能够派上用场，用以搜查每个鬼鬼祟祟的马贼。

“他们偷走了几匹马？”老曹轻声问道，鲁师傅伸出三根手指作答。鲁师傅怒气冲冲，因为除了这次的三匹马以外，几天前还有两匹马被偷了。鲁师傅思索这几起盗窃案是否同一伙马贼所为，以及他们是否买通了守卫，好在犯下此等重罪时让守卫睁一只眼闭一只眼。要知道，盗窃官府的马匹可是死罪，这帮马贼要么是走投无路，要么就是太过自负。如果守卫中无人收取贿赂，这些盗匪是不可能得逞的。

没有人会买一匹来路不明的马，因为官府对买卖失窃马匹的处罚几乎和偷马一样严厉。一旦小偷试图卖掉偷来的马匹，就会立刻被举报和逮捕。不，那些不幸的牲口此刻更可能已经被牵到某个穷街陋巷的肉铺里，到明天这个时候，就变成了肉排和胸脯肉。但如果小偷的目的是偷马卖肉的话，为什么不把目标锁定为旁边栏位中的战马呢？今晚被盗的都是用于献祭的马匹，皮包骨头——就算它们嶙峋的骨架上还有肉，也很可能老而多筋，难以下咽。对于那些被选中的马而言，唯一的解释就是有人付钱让小偷这么干——否则他们大可选择更好的目标。也许，此时此刻，一些卫兵正在安慰自己，让马贼溜进去盗取一匹献祭用的马匹算不了什么大错，反正这样的马无论如何都是注定要被杀死的。

这正是鲁师傅讨厌自己现在这个差使的原因。尽管升了

陶马（西汉）

职，但他现在确信自己当初压根不该接受这份工作。他一生中的大半时光都和马在一起，他爱这些马匹，也经常为自己照料的马匹被肆意屠杀而深感烦恼。

他的大部分马匹注定不会成为骑兵的坐骑或拉犁、拉车的役马，而是要作为祭品献给神明，死在马厩旁边宗庙的祭台上。有些祭祀是小事，另一些祭祀则隆重而宏大，例如最近皇室在太庙中举行的祭祀，宰杀牺牲整整持续了一个下午。

鲁师傅记得，自己站在阳光下，看着自己的马在皇帝供奉祖先的仪式上作为祭品被一匹接一匹地杀掉。整个晚上，祭祀燃烧的浓烟都飘荡在马厩上空，鲁师傅不得不让马童四处巡逻，以免风中飘荡的火花和余烬酿成火灾。

这么多马都死得毫无意义。鲁师傅不是个特别虔诚的人，他爱马胜于敬神。尽管他理解偶尔祭祀的需要，但他认为，对于一个原本就马匹短缺的国家而言，每年频繁举行规模宏大、奢侈无度的屠马仪式，是毫无意义的资源浪费。

也许，为数最多的马匹不是死在了宗庙的祭台上，而是在大汉帝国耗资不菲、连年不断的军事征伐中被敬献给了战神。例如，太初元年（公元前 104 年），汉朝在与大宛的战争中大败而归，当时征调了超过三万匹马（以及同等数量的牛、驴和骡子）。如同出征的士兵一样，这些牲畜很少能活着回来。

为了维持战争和日益繁重的运输所需的马匹供应，官府试图以各种激励措施鼓励私人养马，包括免除养马者的劳役。然而，大部分归国家所有的马匹还是蓄养在官方马厩中——仅六厩（未央、承华、騊駼、路軨、骑马和大厩）中就分别蓄养了至少一万匹马，此外，每个州郡也有各自的马厩。国有马匹出人意料地多，总数约在三十万至四十万匹之间，远超鲁师傅的想象。

同样，在宗教祭祀中死亡的马匹数量也令人难以置信。仅鲁师傅所在地区，就有三十六座牧师苑。加上全国范围内的其他马厩，用于祭祀的马匹总量大得惊人，至少有几千匹。这实在太多了！

马政

大汉朝廷认识到骑乘纯种马的骑兵部队对于移动作战的重要性。他们通过经济、政治和文化交流，如和亲和贸易，从匈奴、大宛、康居、乌孙及其他周边政权引进了大量优良马种。良种马一经引入，大汉朝廷就制定法律，确保将这些优良品种留在国内。例如，汉昭帝就曾发布诏令，规定任何高于五尺九寸的马匹都不准被带出国境。

这让鲁师傅感到愤愤不平，在他看来，朝中的某位大人物似乎已经得出结论：积极饲喂马匹毫无意义，因为它们无论如何都会很快死去。鲁师傅已经注意到，最近运来的草料相比从前质量差了很多。几天前，他在检查其中一辆补给车时，嫌恶地发现这次的补给主要是干草，几乎没有谷子和小麦这类优质饲料。

鲁师傅的马越来越瘦，他决心在给上级的定期报告中汇报此事，并打算在报告中控诉越来越频发的盗马事件。实际上，鲁师傅没指望自己的努力能起到什么效果，但是，也许他的意见最终会被某位朝廷监察官发现，提醒他们注意被忽视的马政事宜——疏漏之处已然很多，而且越来越多。

这份工作当然不是鲁师傅成为马夫的原因。他和同僚老曹是非常娴熟的驯马师和相马人，博闻强识，附近马厩的其他养马人也经常向他们请教。鲁师傅之前在蓄养战马的马厩中工作，负责挑选纯种马进行育种，并极大提升了整个马厩的马种质量，因此声名鹊起。

“相马的关键在于直视它们的眼睛。”鲁师傅经常引用他的老师传授的这条准则。相马的标准包括马眼的大小、颜色、光泽以及是否灵动有神，还要检查马眼睫毛、眼球外肌的轮廓和形状。通过检查这些特征，再加上观察马在移动时能否协调前腿和后躯，训练有素的相马人可以判断这匹马是否身体健康、代谢良好。反过来，健康状况和新陈代谢也决定着马的体能和奔跑速度。

令人感到沮丧的是，鲁师傅和老曹的技能在他们现在所在的马厩中毫无用武之地。说得好听点，看起来神灵对次等马的马肉已经很满足了。鲁师傅照料的许多马都是极为低劣的品种——被遗弃的马、用于出租的马之类，从它们的皮毛、步态和身形就能看出来。没人期望鲁师傅和老曹把它们训练成肌肉发达的纯种马，所以也没人费心提供像样的饲料。

有一次，鲁师傅的一位亲戚不小心提到国有马厩是如何培育强壮骏马的，却被鲁师傅的满腹牢骚吓了一跳。“这一阵子，除了骑兵坐骑以外，没人好好培育其他马种了。次等马都被用来献祭，你觉得国家会浪费资源，把上好的草料给那些早晚被屠杀的牲口吗？”

此刻，鲁师傅心想，既然老曹是带着火把来的，那他不妨好好利用这点亮光，于是他请老曹陪他一起走回栏位中间。鲁师傅和老曹都精于养马之术，二人在外表上却毫无相似之处，显得颇有些滑稽。鲁师傅矮小瘦弱，尽管面相老成，却神采奕奕；老曹的体形则庞大而笨拙，有着高大宽阔的肩膀，一张扁脸上常常毫无表情。每当人们拿他俩的外貌插科打诨，鲁师傅就会说，他的祖辈大多数都很高——他只不过是还没长起来呢。

他们养的马远远称不上良马，但多年来，鲁师傅和同僚与这些动物建立了紧密的情感联系。在鲁师傅负责照料的所有劣等马中，可能只有一个例外，那是一匹纯血的小马驹。鲁师傅想亲自看看这个小家伙，它这几天一直吃不好。早些时候，鲁师傅检查马厩，路过它身旁，它一直蜷缩在栏位前方的一角。

鲁师傅蹲下身来，直视着这匹小马驹的黑眼睛。小家伙的眼睛又大又圆，尽管有些害怕俯下身来的人类，但它的眼睛即使在火光的照耀下也依旧闪着光彩。它宽阔的方鼻子嗅着空气中的味道，小小的尖耳朵警惕地动了动。

如此优良的小马驹在鲁师傅的马厩中没有一席之地，但马夫们肯定不会为这匹纯种马驹另找住所。鲁师傅心满意足，他指着这匹小马驹，冲老曹比了一个愉快的手势。

“你看，大眼睛的马跑得快，小眼睛的马跑得慢。那为什么有些大眼睛的马却不跑呢？”老曹引用了《相马经》中一段著名的记载，这是一部任何想要自称相马师的人必读的经典。

“那些眼睛有光泽、动作敏捷的马却不跑，为什么？因为它们不能透过睫毛视物。”鲁师傅从这部经典中又选了几个段落，继续说道，“那些能够成为良马的马种却没能成为良马，为什么？因为生存条件不合适。”

鉴别纯种良马的经典方法

《相马经》书写于绢帛之上，是出土于马王堆三号汉墓的一部长篇典籍。人们推断这座墓葬属于长沙国丞相利苍的儿子利豨。在《相马经》的旁边，还出土了其他帛书、三幅丝质地图和数以百计的陪葬品。这卷流传至今的《相马经》究竟是全本，还是整部文本的一小部分，专家们仍持不同观点。《相马经》的出土，为现代人理解汉代的马匹繁殖技术和养马知识带来了突破。

这让他又想起了刚刚收到的劣质饲料，不禁火冒三丈。“老曹，咱俩在这儿干什么呢？咱俩当马夫太屈才了。”

同僚不打算回答鲁师傅这个苦涩的问题，而是反问道：“除了《相马经》以外，你知道还有一部相狗的经典吗？要

茂陵金马，据推测是汉武帝姐姐平阳公主的陪葬坑中出土的众多陪葬品之一。它代表着汉武帝引进的一种更为精良的马种

看一只狗是不是良犬，就要看它的耳朵、胸脯和躯干，而不用太关注眼睛。我倒是不介意靠看耳朵和胸脯来相马——每当它们用充满信任的眼神看着我，我就会感到有点悲伤，特别是像这匹小马驹，因为我知道它早晚会作为祭品被杀掉。”

“是的，但是你能想象用养马的条件来养狗吗？我听说皇家的狗都被养在靠近首都皇宫的畜栏里，受到很好的照料。马和狗都是动物，凭什么它们的命运如此不同！”老曹知道鲁师傅已神游方外，所以暂时默不作声。实际上，二人都很清楚，与马匹一样，很多狗也会被冷酷无情的人类主人不假思索地残忍杀戮。

鲁师傅变得异常愤怒，他在脑海中重新草拟要递给上级的控诉信。让他的马忍饥挨饿不仅是一种毫不必要的残忍，而且也不能节省资源。鲁师傅打算向上级直言，一年之前，一场马瘟在他的马厩中传播开来，病亡的马匹数量骇人听闻。死了这么多马，官府下令调查此事。为了确定死因，他们需要解剖一些马尸，但是（鲁师傅完全能够猜到原因），当所有文书都被批准时，马尸早已腐烂殆尽，根本没剩下什么值得调查的。

曾有一段时间，鲁师傅和老曹担心自己会成为那次大量马匹病亡事故的替罪羊。为了替自己辩白，鲁师傅已将报告和控诉马厩条件恶劣的信件准备妥当。但是，要么调查的官员已经看过这些报告，要么就是他们认为对于马夫而言，眼见心爱的马匹饱受折磨、大批惨死已经是足够的惩罚，总之，鲁师傅和老曹都没有再听到任何有关调查结果的消息。

实际上，官方的反应几乎让鲁师傅绝望。因为马瘟刚一过，官员们就决定让马夫寄希望于祈祷之中。鲁师傅和同僚被召集到骑兵马厩中，官员们让每个人都在此感谢上苍驱逐了疾病和灾难，并祈祷所有马匹都能够茁壮长大。鲁师傅由衷希望这些祈祷能够成真，但也希望官府能少向神灵求助，多分配些口粮。祈祷时，领祝人连珠炮似的念了一连串特定的咒语，要求每匹马都有强壮的头颅、耳朵、眼睛、脊柱、腹部，甚至尾巴，但每句咒语都显示出他对马匹的全然无知。正如老曹后来评价的那样，尽管是为马祈祷，但咒语说的全是公牛。

好在那次可怕的马瘟给了鲁师傅一些影响力，他可以借此提醒上级，如果对方继续舍不得向马厩分发饲料，他的马匹就更难以抵抗疾病。官员们或许可以把一次灾难性的马瘟视为时运不济，但如果再发生一次，一些敏感问题就无法避免了——特别是，鲁师傅有时怀疑有人偷梁换柱，暗中将优质饲料向外出售，而拨给马厩几乎不能食用的饲料，以次充好，从中牟利。

如果鲁师傅能有办法证明自己的猜测，就能获得足够的口粮，不仅是为马匹，也为他的同僚：马厩的马夫同马匹一样，也经常领不到足够的供给。

“我们就像马一样，但还不如马呢，对吧？”鲁师傅偶尔会向同僚大声抱怨，“如果没有食物补给，再强壮的士兵也会病倒；如果不能好好喂养马匹，马儿也会过早死去。它们和咱们有什么区别？”

今晚，老曹没心情抚慰鲁师傅的激愤情绪，他向马厩后面走去。小马驹的父亲就在这里——它是马厩中唯一真正的纯种种马。一边安抚它，一边给它喂点儿饲料，能让激动的鲁师傅平静下来。即便鲁师傅知道老曹是故意把他引到这里，还是忍不住跟了过来。

鲁师傅在这匹纯种马跟前停下，不得不承认，每当如此近距离地盯着它硕大的脑袋，都会有奇怪的感觉，自己的目光都被它那双大大的、充满智慧的棕色眼眸所吸引。

有人说，当骏马在翠绿的草地上从容漫步，或是像疾风一样奔跑时，常常会臻于忘我之境。这匹马也应该做这样的事，鲁师傅想，如此俊美的良驹是不属于他这悲惨的马厩的。他心不在焉地拍了拍纯种马的脖子，注意到它今晚异常平静，或许是因为两侧的栏位现在都已经空了吧。

“老鲁，你打算像只发痴的牛犊儿似的在这儿站一整宿吗？”老曹问，“干吗不回房再休息一会儿——你明天不是还要早起吗？我再待会儿，给它们喂点儿干草。”

夜晚的第十一个小时

（04：00—05：00　后寅时）

磨坊的主妇

东方刚刚泛起鱼肚白，朱家三代人就起身开始了一天的劳作，比平日要早得多。兰娘、她的婆婆和她的女儿，三人都想成为邻里中最早醒来的人。时值五月——正是一年当中青黄不接的时候，朱家储存的最后一缸粮食在这时往往已经见底。

然而，今年妇女们却有一个愉快的烦恼。首先，去年的收成特别好，所以储藏室里还存着好几缸粮食。其次，今年冬小麦的收获季提前了。老朱家第一次粮食多到无处可放，所以，家里的三个女人——或者，像兰娘坚持的那样，两个女人和一个女孩——几天以来一直起得很早，把去年的谷物磨成粉，为刚刚收获的冬小麦腾出地方。

不用说兰娘也知道，能够实现自给自足，对朱家和村里的其他人家而言是多么幸运的事情。国家有些地方还在遭受天灾的侵扰，有些地方则由于落后的生产技术导致粮食低产，甚至造成饥荒。尽管官府试图从国有粮仓中向歉收地区拨粮，但这些地区粮价仍在飞涨。灾区的老百姓欢迎赈灾的粮食，但与受灾规模相比，粮食仍旧短缺。灾民对那些完全脱离现实的朝廷官员破口大骂，因为他们建议老百姓把木头煮成糊状，聊以充饥。这个愚蠢至极的乐观建议，被灾民取了个同样荒谬的名字——木酪，也就是木头制成的糊糊。[1]

对于其他地区正在遭受的饥荒，全家人中兰娘的婆婆是最能感同身受的人。童年经受的饥荒在她心中留下了深深的烙印，痛苦记忆纠缠至今。在当地农民开始种植冬小麦之前，他们以种粟维持生计，但每到五月末粮食储备就会告罄。

冬小麦的种植完全改变了这种窘境。现在，农民可以在粮仓空虚的春末收获冬小麦来补充存粮。适应新作物需要时间，一开始，农民还是用老办法，用杵臼把小麦碾碎，为其脱壳。然后，捣碎的小麦会被煮成全麦粥，里面含有大量麦糠，难以下咽。这种全麦粥口感太差，以至人们认为只有野人和穷苦的农夫才会吃它。兰娘的婆婆经常喋喋不休地咕哝着关于这种糟糕食物的痛苦回忆，他的孙女则假装听着她的

1《汉书·食货志》：“北边及青、徐地人相食，雒阳以东米石二千。莽遣三公将军开东方诸仓振贷穷乏，又分遣大夫谒者教民煮木为酪；酪不可食，重为烦扰。”

唠叨。

在黎明的微光下，三个女人微微打着寒战，走到院中的石磨旁边——这一装置极大改善了她们的生活。任何一个农民被问到官府有何政绩时，都会承认石磨让自己受益良多。磨盘在汉代宫廷得到极大改良，一旦发现这一工具可以将小麦磨成细面粉，官府就立刻意识到，他们确实掌握了一项革命性技术。匠人从首都被派往全国各地，指导人们如何制造和使用石磨，不到十年时间，小麦就从熬制粗粮粥的主要原料，变成了饼子、面条和各式各样的面点。

朱家的磨盘安置在院子中央一个简陋的窝棚里。这些磨石改变了兰娘婆婆的一生，每当她从旁边经过，都会摸着其中一块磨石说："无论是谁发明了这东西，都应该被送到庙里供起来。"然后，她提醒兰娘，"等我死的时候，也要带一块磨石跟我一起入土。"

石磨的旁边放着一个巨大的臼。婆婆在第一次使用臼时还是个姑娘，它的设计自那时起便不断改进。这个东西基本上就是一个大石盆，底座松松地埋进土里。石盆的顶部有一个 L 形木棒，通过一根杠杆连接到长凳上。

朱家的三个女人在操作石磨时组成了一个分工良好的团队。兰娘的女儿梅姐儿走到臼旁，开始了清晨的劳作，她抽动操纵杆，L 形木棒的短臂一端就开始捶打小麦，敲开坚硬的麦壳。脱壳的小麦被递到兰娘手里，她拿着一个大筛子，将麦粒和麦糠分开。她把女儿给她的脱壳小麦放到筛子里，小心翼翼地筛动。如此一来，较重的麦粒会落回筛子中，较轻的麦糠则被扬筛动作带起的微风吹走，抛入清晨的空气里。

兰娘把小麦筛净并部分脱壳后，婆婆转动磨盘，她则将这些麦粒倒入磨石之间。石磨并不大，兰娘完全可以一个人操作，婆婆却坚持帮忙。过去，她总是反复和婆婆讲：“娘，您去屋里歇着吧，或者在一旁看着也行。”

面食

汉代典籍《急就篇》是公元前 1 世纪的蒙书和识字书。唐代颜师古注《急就篇》，将麦饭描述为“野人农夫之食”[1]。贵族的饮食则与此不同。一些贵族有专门的“汤官”，负责将大米、粟和小麦磨成精细的粉。然而，大量考古出土的石磨表明，精细面粉的加工设备不仅限于精英阶层。小麦粉在各类面粉中日益占据主导地位。小麦耕作、小麦面粉加工和以小麦为基础的食品加在一起，彻底改变了汉代人的生活。

1《急就篇》卷二载：“饼饵麦饭甘豆羹。”颜师古注：“麦饭，磨麦合皮而炊之也。甘豆羹，以洮米泔和小豆而煮之也；一曰以小豆为羹，不以醯酢，其味纯甘，故曰甘豆羹也。麦饭、豆羹皆野人农夫之食耳。”

婆婆对兰娘的建议充耳不闻。老太太是这个家里最固执的人，何况这么多年来，她仍能从推动磨盘中获得一种简单的快乐。把以前人们认为难以下咽的小麦，磨成精细、有用的面粉，是一件多么令人愉悦的事。

今天早上，兰娘注意到，她们这条家庭生产线在最初的工序上就遇到了意外的困难。连接臼旁长凳的木棍由于昨天的反复重击而移位了。梅姐儿上下拉动杠杆，却只能在臼的边缘敲打，完全捣不到臼底中间的谷物。

女孩试图将歪斜的木杆拽回适当的位置，但兰娘知道，在丈夫把它修好之前，这个设备是无法使用了。她告诉女儿，与其把时间浪费在木杆上，还不如先用手推磨代替。女儿皱着眉头顺从了。兰娘知道，这孩子讨厌用手推磨为小麦脱壳，这让她显得很野蛮，另外手推磨很重（约合公制 5 千克），梅姐儿却必须把它抬高才能恰到好处地砸在谷物上。

兰娘叹了口气，意识到大家都会因此放慢速度，因为手推磨的效率要比石磨低得多。有了机械杠杆，她女儿一次就可以捣碎整整两把麦粒（约 500 克）；但是现在，她不得不加把劲，才能勉强保持不到原来一半的速度。

梅姐儿用不了多久就会厌倦手推磨这活计，所以兰娘——她正在清理地面，并为箧箩安装筛网——需要随时盯着女儿。梅姐儿为第一批麦子脱好壳，兰娘把地上沉重的臼滚到箧箩旁边，将臼微微倾斜，这样女儿就可以用双手把臼里捣过的谷物舀到筛网上。

是时候让梅姐儿练习筛麦子了。兰娘把筥箩递给女儿，仔细地瞧着她，这孩子还没怎么筛过麦子呢。梅姐儿知道要伸开双手，抱住筛子，同时，双腿要并在一起，两脚朝向外侧。接下来，她需要做的就是把筛网中的谷物在双臂和双腿间来回颠簸。这听起来容易，真正做到却难得多，想要完美地完成这一动作，确实需要大量的练习。

女孩的上臂很强壮，腿和前臂却没什么力气。她使劲摇着筛网，试图让双腿保持稳定。经过片刻剧烈的摇动，大部分麦糠碎屑都留在了筛网里，一半筛过的麦粒从筛网中落下，掉到院子里密实的黏土地上。

麦粒吸引了院子里养的鸡，它们成群结队地围了过来，把这些初加工过的谷物作为今天精致的早餐。对于这些在院子里巡逻的家禽来说，每天早晨磨面粉时剩下的麦糠和加工其他谷物产生的废料都是一场盛宴。现在，它们把梅姐儿围在中央咕咕叫，好像要为那些从筛网中漏下的美食争吵起来。在婆婆看来，这些争食的鸡简直太过分了，她厉声咒骂着冲了过来，把来不及闪避的鸡踢开。饥饿的童年把节俭的习惯根深蒂固地烙印在这位老人身上，她见不得任何一把舂粮被这样浪费掉。

兰娘扫起一些脱壳的麦子，迅速又熟练地重新筛了起来。她扭动手腕，好让筛网里的泥土掉回地面上。她还记得自己十几岁时挣扎着操作笨重筛网的样子，于是她拍了拍孩子的肩膀以示安慰，然后走到石磨旁，开始磨第一批麦粒。

石磨的上半部分插着一根木棒，人们通过推动木棒来转动磨石。兰娘缓慢地转着圈子，推动木棒带动磨石旋转。当她推磨时，婆婆就从筐箩里舀出麦粒，通过磨石顶部的一个凹槽把麦粒倒进去。慢慢添加麦粒时，她们能够听到花岗岩磨石碾碎麦粒的噼啪声。兰娘转动磨石几圈之后，这种轻微的爆裂声逐渐消失，她可以感到推动磨石的阻力变小了，麦粒逐渐变成了面粉。阻力很小之后，兰娘停止推磨，其他人帮忙一起把石磨的上半部分卸下来，上面朝下，倒放在地面上。婆婆把石磨下半部分凹槽中和上下两块石磨表面上磨好的面粉扫在一起，盛进竹质细筛网。

梅姐儿见妈妈又拿起一个筛子，不由得问道："为什么还要筛一遍？"她注意到面粉已经磨得很细了，足以用来蒸细面饼子。兰娘解释说，明天家里要把第一批丰收的果实敬奉给祖先，上供用的饼子，必须是力所能及最好的。

无论如何，只筛一次是不够的。兰娘记得，这一带一些最古老的石磨已经有了从中间向边缘延伸的沟槽，但未完全碾碎的麦粒时常会卡在这些大沟槽中。老朱家的石磨已经过改良，沟槽的辐射线相互交叉，从而形成了更精细的沟槽。然而，这并没有完全解决卡麦粒的问题，所以，若想将小麦磨成细粉，需要经过好几次研磨和筛分，才能最终去除所有外壳、麦糠、尘土和沙粒。

兰娘有一颗硌坏的牙齿，这颗牙齿时刻提醒她，没有好好筛过的面粉制成的食物中随时可能出现沙粒。婆婆现在没剩下几颗牙了，因此很好地避免了这个问题。尽管兰娘没对任何人说过，但她暗自希望能够磨出一些更精细的面粉，为老太太做些更软和的饼子。她一直悄悄向村里其他妇女学习一种新的发酵方法，这样可以让饼子变得更软，也更容易咀嚼。"近来我竟然有这么多新点子。"她不禁为自己感到惊讶。她知道婆婆肯定会反对浪费时间和原料专门为自己准备食物，所以在制作供品的时候，她不打算征求婆婆的意见，悄悄着手制作新的饼子。

女儿却注意到另一个问题：祭祀仪式是为了感谢祖宗保佑今年的丰收，今天早上她们磨的却是去年的小麦。难道不该使用今年收获的粮食来庆祝今年的丰收吗？

"没错，"祖母点头表示赞同，"我们确实应该这么做！但是我们同样应该把地里长得最好的粮食敬奉给祖先。新收获的谷物来不及做成供品——今年收割麦子的时候下了好几场雨，必须先把麦子晒干才能研磨。明天，咱们先用新收的麦子煮一些粥，用咱们最好的碗盛给祖先。作为对麦粥的弥补，咱们尽量把面粉磨得细一些，做一张饼，尽可能把它装点得好看些。"

兰娘站在走廊的屋檐下最后一次筛面粉时，又发现了一个问题。她愁眉苦脸地呼唤婆婆过来。在她脚下细密的毯子上，筛过的面粉堆成了一座小山。

几只小虫从捣击和研磨中奇迹般地存活下来，正在面粉堆上蠕动着。兰娘还看到其他没那么幸运的虫子的尸体也混在毯子上的面粉中。在晨曦的微弱光线下，婆婆根本看不清虫子的踪迹，兰娘不得不抓起一把面粉递到老妇人面前。

可即便婆婆终于看清了这些虫子，她也丝毫不以为意。她耸了耸肩，认为一定是最近下过雨后，她们打开了储粮缸的盖子，虫子才爬进去的。兰娘也不得不承认，当她从缸底把粮食舀出来时，确实发觉存粮受潮严重。

“好吧，”老太太说，“不能用这些面粉祭祀祖先了。不过，用这些面粉做些日常吃食还是很不错的。这些虫子没啥害处，咱们没必要管它们。”

目光越过婆婆的肩膀，兰娘看到女儿吃惊得张大了嘴。她无视梅姐儿无声但异常急切的手势，把话题带回明天该给祖先奉上什么供品。面粉生虫的迹象或许表明，用去年的谷物作为供品是错误的。因此，三人同意，把今年新收的还没晒干的小麦拿出来，放到灶台上烘干，再将其磨成面粉。对每个人来说，这都意味着要做更多的工作，但除此以外，似乎别无选择。

兰娘走回屋中，留下女儿和婆婆讨论如何分工才能为多出来的活儿节省时间。家里的其他人马上就要醒了，她必须准备早餐，然后还要绞尽脑汁，设法说服女儿在接下来的一个月里吃下那些用生虫的面粉做的食物。

夜晚的第十二个小时

（05：00—06：00　前卯时）

铜匠的请教

黄师傅做好今早作坊开工的准备后，就溜达到了朋友龙师傅那里。当他到达时，他的朋友正勤勤恳恳地为一把铜尺抛光，完全没有注意到黄师傅来了。不过，这无关紧要——龙师傅素来以精确细致而闻名，这部分得益于他那把L形的尺子，无论长边还是短边，都密密麻麻刻着不同比例的精确刻度。即便注意到黄师傅来了，他也不会停下手里的活计。

黄师傅走近一些，读出尺子长边的刻度："九十。"有些工匠每隔几个月就需要更换一次工具，但这把尺子已经跟随龙师傅十多年了，虽然用了有些年头，仍像是崭新的一样，闪闪发光。黄师傅知道，部分原因在于这把尺子含锡量很低，近乎是纯铜制成的。这也使得尺子很容易弯曲。一旦铜尺弯了，龙师傅就咒骂两句，然后不得不腾出工夫把尺子打平。更让人恼火的是，随着时间的流逝，尺子边缘经过仔细校准的刻度会慢慢磨损，这意味着龙师傅必须用铁刀重新在尺子上錾刻这些极微小的标记，再用布料和动物脂肪把尺子表面打磨平整。

黄师傅自己也有一把木尺，用它量东西还算准确，而且不易弯曲，如果不慎折断的话也很容易更换。但他总是用龙师傅的尺子为自己的尺子校准，每隔五个刻度就标记一个小小的 × 号，表示测量值相当于一寸，沿着尺子的边缘重复动作。但黄师傅不会把龙师傅那把尺子背面美丽的几何图案也照样刻下来——他的木尺根本用不了太久，犯不上如此费劲装饰。可能再过不久，黄师傅就能得到一把骨质的尺子了；他最近见过一把雕刻着生动图案的骨尺，正在踅摸一把类似的。

龙师傅和黄师傅都是制作铜镜的工匠，尽管设计镜子背面时使用廉价的木尺就足够了，但他们还是经常使用质量上乘、装饰雅致的尺子。在这间他俩工作了一辈子的官营作坊里，能用上那样一把尺子，可是一件出风头的事情。

如果黄师傅和他的朋友再年轻二十岁，就不大可能被官府终身雇用了。他俩刚开始做工时，官府对青铜铸造业还实行着严格的垄断，铜器师傅别无选择，只能为国家效力。但近些年情况发生了变化，不仅政府在铸铜业上的管控有所放松，就连以前官营的盐铁业也放开了。富商和诸侯发觉有利可图，于是开始经营价格昂贵、久负盛名的商品——黄师傅和龙师傅生产的铜镜就在此列。

因此，由于政策放宽和技术进步，青铜铸造业一时之间成了朝气蓬勃的行业。汉代以前的青铜制造作坊主要由官府开办，用于生产各种礼器；现在私营铜器作坊反倒成了行业的领头羊，富有的投机者则对官营作坊进行“赞助”，这样一来，他们就可以接受订单，为客户定制产品。这些新兴的私营作坊自然乐于把技艺娴熟的工匠从原来的官营作坊挖过来，还有一些铜镜工匠干脆自己开起了买卖。现在，很多匠人干得不错，甚至变得相当富有。近一个月以来，黄师傅和龙师傅都没有从私营作坊接到任何利润丰厚的活计。

一直以来，黄师傅都劝说龙师傅留在官营作坊。他指出，几十年间，市场对青铜器，特别是铜镜的需求总是起起伏伏。在铜镜市场一片大好时放弃稳定的工作实非明智之举，因为在此之后，不可避免的市场萎缩和失业就会紧随而来。黄师傅总爱说，财富只意味着你拥有更多的钱。但是，在他们这个阶级分明的世界中，一个富有的工匠仍不过是个工匠而已，地位依旧处于社会的边缘，得不到“贵人”的特权待遇。

收工后，龙师傅和黄师傅有时候会坐在一起，喝上一两杯黄酒，讨论工匠在这个国家中的角色与地位。国家对技艺娴熟的手工艺匠人的态度难以捉摸——这些匠人就像他俩一样，虽然无论如何也作不出一句像样的诗歌，对国家经济的价值却远超那些只会摆弄诗文的人。

黄师傅对所有新变化都非常疑虑。他总是说“不好，不好”，像个老头儿那样摇着头。龙师傅则比较乐观，他指出，一些工匠离开以后，作坊里的工作空间更大了，而且为了留住选择留下来的工匠，管事已经极大地改善了他们的工作条件。对于工匠而言，现在可是个好年头。

今早，黄师傅是来请教龙师傅的。他明天要做一面镜子，管事却指手画脚，给了他非常具体的指示。黄师傅可不乐意从一个这辈子都没做过镜子的人那里接受指导，更何况这些命令听起来毫无道理。为了能让他们生产的铜镜尽可能接近理想中的银白色，管事要求黄师傅按铜和锡一比一的比例铸造合金——这个比例在黄师傅看来，除了灾难以外啥都造不出来。

王室工匠

战国时期由齐国人所作的《考工记》（成书于约公元前5世纪），是中国古代最早的有关王室手工艺的详细记载。它百科全书式记录了王室、百官、工匠、商人、农民和女工的不同生活方式。其中，从事木制行业的工匠有七种（如制作长兵器木柄者），从事金属行业的工匠有六种（如铸钟者），从事皮革行业的工匠有五种（如剥皮者和制鼓者），此外还有染色工、玉工、陶工和其他工种[1]。《考工记》还记载了合金的六种配方，即六剂，用于铸造不同种类的青铜器，对汉代皇家工匠有着深远影响。通过对考古发掘出土的青铜器进行科学分析，可以清楚得知，这些青铜器的合金含量大体符合《考工记》中的记载。

龙师傅证实了黄师傅的预感。“别听他的！我试过把锡的比例调到一半，铸出来的合金确实颜色鲜亮，要是乐观来看或许的确能接近白色，但是你没法欣赏它太久——这些镜子极其易碎，稍稍一碰就会变成地上的一堆碎片。”

龙师傅一边说话，一边站起来，从他称为“宝箱”的长木箱中取出其中一面镜子。龙师傅一共有两只这样的木箱，作为一个惯于试验的人，他喜欢把试验样本都保存起来，以便提醒自己怎样做是正确的，怎样做会导致失败。这可以说是他工作的参考指南。黄师傅喜欢与这位朋友一起探讨铸铜技艺的原因之一，就在于龙师傅总是能够找出一种相关的合金来佐证自己的观点。

此时，龙师傅从这箱破铜烂铁中翻出了一面破碎的镜子。“管事可能压根都不知道，在铸造镜子背面的装饰图案

1《考工记》：“凡攻木之工七，攻金之工六，攻皮之工五，设色之工五，刮摩之工五，抟埴之工二。”

时还要加少量的铅，这样才能增加合金的流动性。所以，要满足他的要求，你在铸造的时候需要加一半的锡，但也不能只有一半的锡。我猜他可没告诉你如何才能实现这个不可能的任务吧？”龙师傅反问道。

黄师傅还没开工，就已经对这面镜子极为反感了。他手里抓着一张绘在皮革上的草图，递给龙师傅瞧。草图上画着一个龙纹图样，管事坚持要求黄师傅把这个纹样铸在镜子背面。这条龙由众多细纹勾勒而成，无疑会为铸造者多添好几个时辰的麻烦。

铸造铜镜时需要两块模具[1]——一块用来铸造镜子的正面，另一块用来铸造镜子的背面，背面要比正面麻烦得多。品质良好的合金通常可以铸成一面好镜子，但在最后的浇铸过程中，镜子背面模具上的细纹并不总能很好地按照最初的设计呈现出来，有时，铸出来的只是一片模模糊糊、似是而非的东西。想要浇铸出这样的细纹，两块模具之间的间隙必须完全合适，如果空隙太窄或不均匀，熔化的合金就不能顺利流经模具中的细线，之后也无法均匀地冷却。这就是青铜铸造工艺中的不确定性。可能工匠做的每个步骤都准确无误，但最终仍会莫名其妙地产生残次品。

黄师傅有多年的制作经验，他倒不是怀疑自己能造出这些精致的纹样，只不过这个活计委实太过烦琐费时。此外，

1 亦称为“范”。

完整的龙形图案的确颇受追捧——不过那已经是二十年前的事了。当下流行的纹样是博局镜那种对称的设计，在黄师傅看来，这种几何图案既引人注目，又具备高级美感，当然，也容易铸造得多。

这些博局镜让黄师傅想起了都城外的明堂辟雍。其设计也如同博局镜背面的图案一样——外圆内方。显然，明堂辟雍的中心建筑也遵循外圆内方的形制，尽管身为一个卑下的工匠，黄师傅从来没被允许进入其中。“外圆内方”正在成为一个流行的主题，当下通行的布泉货币即使用类似的设计。

黄师傅琢磨之时，龙师傅又把手伸进宝箱，拿出一个陶范，这是前几天他为铸造一面铜镜的背面而制作的。不出意外，这个陶范不是完整的，因为陶范只能使用一次。一般工匠在用完陶范后就会将其打碎，黄师傅心想，只有像龙师傅这样的完美主义者才会把陶范精准地从中间分开，将两半都保存起来，以供将来参考。

黄师傅把陶范的两片拼好。黄色的陶土被铸镜时轻微氧化的炉渣染色，但还是能够清晰看到上面凸出的线条。陶范中央有一个深深的圆坑，四周被方形凹槽包围。博局镜上别具特色的铜纽和四周的方形凸脊，就是用这个形状完美的圆坑和凹槽铸成的。

大部分陶范都是用标准材料制成的，即一种有渗透性的沙质陶泥。但是黄师傅注意到，龙师傅的模具里还有分布均匀的空隙，这是由于他在陶泥中加入了烧过的米糠，使模具

博局镜

重量更轻，在浇铸过程中更容易透气。

正是由于在准备制模时如此精心，黄师傅和龙师傅才揽走了作坊里大部分顾客定制的活计。那些负责大规模量产镜子的工匠则不需要这样的手艺，因为管事会给他们某一镜型的母模，他们依此量产即可。这些工匠需要做的，仅仅就是准备陶泥，按照母模制作一个陶范，再用陶范浇铸出最终的镜子。在没有损坏的情况下，母模是可以反复使用的。镜子铸成之后，工匠还要将镜子背面的图案仔细打磨抛光。

黄师傅手里拿的这个陶范跟那些大路货可不在一个档次上，只有拿到眼前仔细观察，黄师傅才能数清每个方形内外的小圆圈，这些小圆圈是用来制造小小的乳钉纹的，这让镜子背面看起来极为别致。

博局镜

博局镜亦被称为“TLV镜”，因为镜子不同区域的装饰图案类似罗马字母T、L和V。尽管具有类似设计纹样的铜镜在公元前104年的河北满城窦绾墓中即有出土，但直到王莽时期这一题材才流行开来。现在，越来越多的人认为，篡取大汉政权的王莽用这种流行纹样为自己进行政治宣传。一些王莽时期的铜镜之上还刻有铭文，赞颂皇帝的功绩，例如兴建了明堂辟雍，并迫使难以驯服的匈奴人向中原王朝称臣[1]。

龙师傅从他的另一只宝箱里又拿出一面铜镜，自豪地把它送给了黄师傅。他向黄师傅承认，自己本来没打算展示这面铜镜，因为他还没来得及把背面的纹饰打磨得更精致。但是对于黄师傅来说，观赏成品显然比从陶范上推断镜子背面的图形要容易得多。

博局镜背面方形的内侧排列着十二颗与四边平行的乳钉，外侧也有八颗乳钉，可以连成一个圆圈。就像龙师傅经常说的那样，要制造出一面赏心悦目的博局镜镜背，就要熟

1 歌颂王莽功德的博局镜铭有“新兴辟雍建明堂，然于列土举侯王，子孙复具治中央”。“然于”即“单于”，指匈奴首领。

练掌握圆形与方形的变化和对比。

这面铜镜设计繁复，做工精致，堪称巧夺天工，更不用说龙师傅还在铜镜边缘增加了一圈小小的三角形凸纹，为这面镜子又增加了一个可观之处。同样身为工匠，黄师傅注意到这些小三角形彼此之间以极高的精度完美地整齐排列，那些朝内的三角形还指向另外一圈旋涡图案。正是由于龙师傅热衷制作这样的精品，他才痴迷于自己的铜尺。

龙师傅对几何图案的熟练掌握，让黄师傅想起了另一个想要向这位同行请教的问题。作为作坊里最擅长铸造几何图案的工匠，龙师傅或许能解答黄师傅在制作另一个陶范时遇到的问题——他需要把一个圆形七等分，但无从下手。

若想把圆平分，只要从中画一条直线即可；若想把圆三等分，通过圆规也可以轻易做到；而只要画出了半圆或三分之一圆，那么六等分、八等分和其他等分的圆也很容易画出来。龙师傅以自己镜子的背面作为例子——只要在正方形内部任意两个乳钉之间画一条线，在正方形外部任意两个乳钉之间也画一条线，再加上镜子中央的铜纽，想把圆做任何偶数等分都可以。黄师傅其实知道这个技巧，但还是耐心地没有打断龙师傅的话，以往的经验告诉他，还是让龙师傅按照自己的思路解释为好。

终于，龙师傅讲到了重点，他说："画出圆的七等份分割线确实不容易。我通常会调整圆规的直径，反复连接这些点，直到我在圆上找到七等分点为止。"

这个解释让黄师傅有些困惑，龙师傅显然更擅长实际操作，而不是解释其中的原理。黄师傅决定请他到自己的工作台来，在自己的陶范上实际演示这一过程。不过这得等到明天了，因为龙师傅此刻已经准备好铜尺，开始制作自己的陶范。好在这只是一件寻常的活计，不会花费他很长时间。

在龙师傅演示将圆七等分的方法之前，黄师傅都没法在他的圆形陶范上开展工作，而且他还必须先向管事解释，为何那面背面饰有龙形图案的镜子不可能按照他要求的合金比例进行铸造。这使得黄师傅现在颇有些闲工夫，坐下来看看自己的同行是如何做活的。

龙师傅走到棚子外面的井边，打了一瓶水，然后把水倒入一个装有泥土和细白沙的浅坑里。坑里的泥土和细白沙已经充分搅拌均匀，龙师傅只是想把混合物稀释一下。

把混合物揉成糊状后，龙师傅就把它放到自己的工作台上，并从宝箱中掏出一个母模。显然，这个母模已经重复使用过很多次了，但由于龙师傅的精心保养，仍然保存完好。大部分母模在多次使用后，表面难免会留下孔隙、划痕和其他缺陷，这个母模却光滑如初。母模两端凸起的部分（装着冒口和浇口）似乎受到了特别保护，连一丝陶土也没有粘上。

龙师傅迅速把陶泥糊到母模上，把它揉成一个倒扣的碗状，厚度约一寸。晾干陶泥时，黄师傅猜龙师傅会准备为炉子生火，在炉子中把陶范烤干。但龙师傅没有这样做，而是把一层薄薄的黑色材料贴到陶范镜面的位置上。

“这是什么？”黄师傅好奇地问。

“我觉得，想要成功铸造出一个好物件，主要有两个要求，”龙师傅回答，“一是陶范的烧制火候要合适；二是在向陶范里浇铸合金之前，一定要为陶范预热。这样才能确保合金溶液顺利冷却。否则就会有气泡，有气泡就意味着有缺陷。”

“几天前，”他继续说道，“我听说，如果在陶范上贴一层耐热材料，之后打碎陶范时，将有助于避免把镜子弄碎。前几天我弄坏了一面铜镜，就是因为镜子和陶范粘得太紧。所以，我打算先在这种可以快速重铸的镜子上试试这种方法，看看会不会有问题。如果这个法子确实奏效，我再把它用到那些定制的镜子上，那些镜子可比这贵得多了。”

黄师傅琢磨着龙师傅的话。他感觉把这个法子用在管事要求的那面龙纹镜子上是个不错的主意。他打算回到自己的工作台，开始绘制龙纹的草图，并希望能在午饭前就把轮廓线勾勒出来。

“明天再过来看看我的试验成果。”黄师傅往回走时，龙师傅冲他喊道。

卯

白天的第一个小时

（06：00—07：00　后卯时）

河工的乡愁

大田向上游撑着船，驳船缓缓逆流而上。河工把长柄铁锹用力插入驳船两边运河底部的淤泥里。他们口中喊着“咿呀”的号子，撬松沉重的淤泥，这喊声在大田听来，与谷仓旁边打鸣的小公鸡并无二致。他们从河底挖出一坨坨湿泥，装到竹篮里，再扔到船上，发出有节奏的砰砰声，这声音伴随着他们嘹亮的呼喝在清晨的薄雾中回响。

如今才不过五月，大田和他的河工伙计就已经开始清理运河河床了。冬季的暴风雪，以及夏季的暴雨，将垃圾和沉渣冲入河中，都沉淀在大田所在的这一较为平静的河段中。当监工决定今年早点开始清理运河时，没人出声反对，因为长久以来，河工都已经明白，保持运河清洁才是对自己最有利的。这段运河的水流越畅通，船只搁浅的可能性就越小，也就越不会堵住后面的船只。对于大田和其他河工来说，这也意味着不易出现紧急事件或交通瘫痪。

运河是国家交通系统的关键。成千上万只驳船和其他船只，承载着人员、食物、建材和贸易货物，日夜不停地穿梭于水系网络之中。大田对自己的工作感到自豪，或许他只是这座巨型机器上的一个小小轮齿，但整个国家都依赖这台机器才得以运转。每时每刻都有成千上万像大田这样的河工在大小运河上工作着，他们清除障碍，营救搁浅船只，有时也从已经倾覆的船上抢运货物，再把船只残骸拉往岸边。

有不同类型的运河，因此也有不同类型的河工。大田有幸没有被征召到臭名昭著的砥柱河段工作，对此他一直心怀感激。对于在砥柱服劳役的人来说，那里简直可被称为“鬼门”。这段令人闻风丧胆的河道坐落于三门峡附近，是国家庞大的交通网中最繁忙也最致命的一段水路。黄河河道在此急转而下，奔腾汹涌的河水狠狠砸向水中的礁石，水流一分为三[1]。由此搅起的白浪泛起一片混沌，水下的暗流危机四伏，常常摧毁过往船只，夺走船员的生命。触礁、粉碎、沉没，这些简短的词语是河工献给无数失事船只的墓志铭，因

1　三门峡河段河心有两座石岛把河水分成三股，分别称“人门”“鬼门”“神门”，故得名“三门峡”。下游有一砥柱正对三门，河水夺门而出，直冲砥柱山，然后分流而过。北魏郦道元著《水经注》卷四记载：“自砥柱以下，五户以上，其间百二十里，河中竦石桀出……合有十九滩，水流迅急，势同三峡，破害舟船，自古所患。”

为频频使用，已经成了河工之间的口头禅。

然而，对河工而言，管理河道也并不安全。对此大田可以证明。他的一位亲戚一度幸免于被送到砥柱河段服役的厄运，但最终没躲过朝廷因运河缺少劳力而征发的徭役。这个可怜的家伙坚持了几个月，在运河上方的悬崖峭壁上不慎滑倒，从一条危险的石头小径上滚落下来。人们断定他已经淹死了，因为一旦掉进水中，注定没救。眨眼之间，他就被汹涌的河水冲走，至今尸骨不见。

运河上的工作既危险又艰辛。数以千计的河工（其中很多人是囚徒和服役的劳工）在修建砥柱河段时丧命，他们悬吊在临时搭建的危险木桥上，在陡峭的岩石表面开凿出狭窄的小径，身下就是汹涌无情的河水。所有河工都要面临这些危险，砥柱河段只不过是一个极端的特例。

大田所住的营地位于砥柱河段更西边的冲积带上，从那里可以俯瞰渭河南岸的泛滥平原。与呼啸而过、危机四伏的黄河迥然不同，渭河显得颇为慵懒。渭河与黄河之间相距不过百里，但河道蜿蜒曲折，几乎流经了十倍于此的距离。水流缓慢的河段很容易被泥沙堵塞，蜿蜒的河道又造成了难以预料的水流和不断移动的泥滩，这些都对航运构成了持续性威胁。

然而，渭河是繁荣的关东地区与首都之间的重要纽带。每天都有数以百计的船只驶向长安城，为它带去食物和维持城市所需的无数其他商品。然而，满载货物的沉重货船总是接连不断地搁浅在黄河泥滩上，烦扰不堪的朝臣疲于应付，最终向汉武帝请旨，修造一条直达长安的运河。

每当陌生人问起来，大田就会自豪地说，“他的”这条运河只用了短短三年时间，就由成千上万发遣到这里的劳工修成了。这项工程极大地缩短了航程，将原先沿渭河而下的九百里航路，缩短至漕渠的三百里行程[1]，同时也避免了渭河航道难以预料的各种风险。这一工程还扩大了灌溉区，惠及沿岸数万顷耕地。大田和他手下的河工负责十一里长的运河河段，他们的任务是确保往来驳船畅通无阻。

大田就是北调来开凿漕渠的河工之一。他原本在黄河沿岸孟津的一家船坞做活，但在漕渠工作离他的家乡更近。他被官府录用时，还得了一个头衔，但仍免不了承受河工的繁重劳作。他的日常工作包括对河床进行疏浚和清理，有时甚至还得在码头为驳船卸货。

当然，深更半夜被人从睡梦中叫醒，对大田和他的河工来说也不是稀罕事，因为有些不称职的领航员会引导驳船驶向运河河堤，或者将船搁浅在泥滩上。一旦出现这种情况，船工就得乘上自己的驳船，把事故船只拖出困境，或者跳进水中，把陷在糨糊一般的泥地里的船只推回八十米宽的运河主道上。

1《汉书 · 武帝纪》记载：“（元光六年）春，穿漕渠通渭。”汉武帝元光六年（公元前 129 年），沿秦岭北麓开凿人工运河漕渠，与渭河平行，大大缩短了潼关到长安的水路运输时间。

由于拥有造船经验，大田被分配了驳船舵手的工作。现在，每个人都自然而然地认为，只要他们一上船，大田就是那个手持长竹竿负责掌船的人，这根竹竿既能推动船只前进，又可以用来转向。大田还在自己的船凳下备了一支短桨，以备不时之需。不断划船、撑船让大田的手臂肌肉遒劲有力，这些天来，他认为独自一人将驳船从河里拖上岸实属稀松平常。他很喜欢自己的这份工作，当然，要是自己肩负的这些额外职责能够得到相应的报酬，那就更好了。

今天，他们一大早就开始工作，聚在河堤上的拦河坝旁，雾气在身边萦绕。这些拦河坝是由长叶草和覆盖着黑色泥土的小树枝筑成的，可以用来提高水位，并为运河分流。漕渠的特点是与渭河平行，转向西北后又流回渭河，减少了驳船必须花费在上游航路上的时间。这一水系的设计极为巧妙，大田经常觉得，负责这一水利工程奇迹的设计师和工程师应该获得更多认可。毕竟，驯服了这条大河，国家所有子民都能受益——不仅因为当下它可以用于灌溉和航运，而且运河开通后，还缓解了洪水灾害。要知道，在几代人之前，农民大片大片的庄稼都曾被洪水淹没。

此时，大多数驳船都紧紧贴靠在岸边，其中一艘船被运河河工当作临时码头。他们的驳船停泊在拦河坝下游的一侧，湿冷的晨雾极为浓厚，大田解开系在大木桩上的麻制船索，差点一脚踏空。虽然拦河坝增加了停泊处附近水流的可预测性，但还是有几次，船刚从木桩上解开，就立即被迅速变换的水流冲走了。

大田对河工时刻留心，他们正敏捷地把淤泥装进竹篮里，看上去十分艰辛。但经验告诉大田，如果河工太过专注，全都聚集在驳船的一侧，会导致驳船倾覆。虽然大田知道如果发生这种情况算不上自己的过错，但他当然不希望翻船，因此时不时用撑船杆把船员轻轻推回适当的位置。

上游的工作已经完成，大田撑船向下游返航，那里的运河水域更浅。抵达拦河坝后，河工跳下来，接过大田递给他们的一只只竹篮。淤泥在河床上是麻烦的障碍，在别的地方却是一种宝贵的资源，其他河工很快会赶来取走这些篮子。至于他们用淤泥做什么，大田既不知道，也不关心。反正这些淤泥不会再淤塞住这段运河的航道了，除此以外，他并不在意。

水利设施

李冰（约公元前 3 世纪）或许称得上中国古代最伟大的水利工程师。他巧妙地设计了位于岷江的著名水利系统——都江堰，数百年中成功防止了成都平原的洪涝灾害、为稻田提供灌溉，并在接下来的一千多年中持续发挥着作用。

驳船再次缓缓向上游驶去，太阳开始从地平线上升起。大田的目光越过驳船翘起的船尾，一艘大船经过，从逐渐散去的晨雾中显露出巨大的轮廓。大田有一双内行的眼睛，立刻估算出这艘船的吨位和长度。作为一名经验老到的造船师，他估计这艘船至少有五丈长。船有宽有窄，宽一些的船可以装载五百石谷物或其他货物。

船上的桨手一边向下游划船，一边喊着号子，从声音判断，船上的人手应该不少。当这艘船靠近时，大田看到船上配有八组桨，都被固定在船体内的桨架上。桨手的动作整齐划一，木桨像剑一般划开水面。当这艘船快速经过时，大田注意到它的船尾装了一个类似船舵的装置，控制着船的行进方向。他好奇地盯着这个装置，因为只听说过，却从没有见过。这东西很难不让人留下深刻印象，因为即使行进速度很快，这艘船也保持着稳定的航线。

“这肯定是南方船坞造的船。”他指着船舵对其他河工说，“他们在这方面可聪明着呢，造出来的船质量非常好，行驶速度也飞快。”

“你是怀念以前在船坞的工作了吗？”其中一个河工打趣。然而，大田还没来得及回答，船头的波浪就向他们涌来。浪头又急又大，驳船猛烈地摇晃起来，被推向运河的另一边。大田和河工赶紧跳上岸以减轻驳船的负重，然后目送大船消失在雾气中。

注视着大船远去，大田向其他河工讲起他在孟津干活时见过的不同船型。最豪华的楼船有五层甲板，另一种是用缆绳框架制成的战船，还有一种方船，实际上由两艘并列在一起的船构成。他的回忆越来越鲜活，直到他注意到其他河工正交换着担忧的眼神。他马上安抚道："我确实怀念以前在船坞的时光，不过我也很喜欢现在的工作，毕竟这项工作很重要，是不是？"

想起手头的任务，他们拿起水瓶喝了点水，挨着运河河堤继续工作。河工再次喊起"咿咿呀呀"的劳动号子，一锹接一锹把湿黏的淤泥从河床上拖出来。突然，木头碎裂的声音打断了他们的呼喝，原来是一把铁锹的木柄断裂了，只留下锹头还插在河床的淤泥中。河工不得不停下手头的活儿，检查损坏情况。

大田瞪着伙计们，但他们似乎谁都不愿意动。纵然官府最后会负责更换锹头，但锹头是铁铸的，而官府运输铁部件的速度非常慢——这还得是他们确实打算更换。这些铁锹是专门为铲除河泥而设计的。每把铁锹都有两个尖头，用来破开河床上的淤泥。河工平时把尖头保养得非常锐利，这使得在浑浊的淤泥中寻找锹头成了一件既危险又恼人的任务。

寻找损坏的工具本不是大田的活儿，但他们每多花一点时间讨论这事，水流就把他们多带向下游一分，在浑浊的河水中找到锹头将更为困难。最终，大田还是决定亲自去找锹头，回来再好好教训手下。

河水虽然不深，却异常冰冷。更糟的是，大田还忘了挽起裤腿，现在他的裤脚肯定已经沾满了河泥。实际上，当务之急是把脚从同样冰冷的淤泥中拔出来。他手脚并用，一边摸索，一边蹒跚前进，脚趾踩在黏糊糊的河床上，发出扑哧扑哧的声响。此刻他已浑身湿透，沾满泥巴，好在找了没多久，探出去的脚趾就碰到了锹头的金属边缘。

大田一言不发，把锹头扔到驳船上，并把船推到岸边。其中一名河工返回营地取来一把新铁锹，大田和其他人则把装了半船的淤泥卸下来，再趁机喘口气。然后，大田起身去河边清洗身体。洗到一半，他看到另一艘船正向他们驶来，于是伸长脖子，好看得更清楚。其他河工则等着大田对这艘船的评价。但这一次，大田陷入了沉默，他那双黑眼睛充满怀念、恍惚出神，静静地目送着船远去。

白天的第二个小时

（07：00—08：00　前辰时）

先生的学堂

子曰："默而识之，学而不厌，诲人不倦，何有于我哉？"

——《论语·述而》

学堂里最尊贵的位置朝向东方，那是每日清晨太阳升起的方向。半个时辰前，太阳就已经跃出了地平线，此时此刻，阳光洒满了整个学堂。这个朝东的尊位自然是老师的位置，那里还有一个高出地面的讲台，进一步凸显出他的权威。文先生此刻正坐在那里，没好气地瞪着他的十五个学生。学生回望着他，睡眼惺忪，神情疲惫，这无疑是昨晚睡得太晚又饮酒过度的结果。

不是第一次发生这种事了，甚至这个月内就不止发生一次。文先生是郡学的经师[1]。他就职的郡学是皇家学院——太学的补充，可以受到上至皇帝、下到地方官府各级财政的支持和赞助。因此，他的学生也非富即贵，要么出身富裕家族，要么就与郡中的贵族和政治精英有着千丝万缕的联系。

昨天，他的学生和当地士绅刚参加完一次社交聚会，作为庆祝活动的一部分，博士弟子还为即将到来的射礼进行了演练。文先生非常清楚，这种场合通常会提供大量美酒，而他年轻的学生必定会趁机开怀畅饮。他并不反对这种聚会，也认同这类场合在提振学生士气、培养年轻人在社交环境中的行为举止方面发挥着至关重要的作用。事实上，如果他也受邀参加的话，他会很乐意为学生搭设箭靶，帮助学生练习箭术。但他没有受到邀请。这或许是由于他坚信对年轻人而言参加这种活动应该适可而止，尤其是他的学生们。

相反，文先生昨天与妻子度过了克己复礼的一晚，或许正出于这个原因，今早学生睡眼惺忪的模样才彻底激怒了他。看看这群人，都跟蔫了的野花一样——他们歪七扭八地坐着，眼神呆滞，连帽子都戴得乱七八糟！

文先生心底涌起一阵懊恼，他一下子跳起来，向学堂一侧的隔墙跑去，那里有一幅孔夫子的画像。学生中传来闷声

1《汉书 · 平帝纪》载，安汉公奏立学官，“郡国曰学，县、道、邑、侯国曰校，校、学置经师一人；乡曰庠，聚曰序，序、庠置《孝经》师一人”。安汉公即王莽。

窃笑，这让他突然想起跑动是失礼之举，而这正是他向学生耳提面命的行为准则之一。于是，他急停下来，强迫自己优雅地走完剩下的路程。

隔墙上描绘的是孔子在前往周代宫廷学习周礼的路上问礼于老子的经典场景。这幅画的背面则生动地描绘了孔子向一位童子请教的形象。正背两幅画都成功地刻画了好学的孔子对待学习的谦逊态度。

文先生一边用力地指着肖像，一边大声呵斥学生："你们好好看看孔圣人！他穿着得体，衣冠整洁，观其仪态就能看出正直高尚的人品！"他生气地念诵着圣人曾经说过的话，"十室之邑，必有忠信如丘者焉，不如丘之好学也。"难道他的学生都看不出来，能够坐在学堂中读书学习，是一种连伟大的孔圣人都孜孜以求的特权吗？

文先生转过头来面对课堂，他心里一清二楚，在他刚刚说话的时候，肯定有学生在他背后扮起了鬼脸，还有些学生则张嘴无声地学他说话，同时用夸张的手势比比画画。文先生愠怒沉默地站着，而所有学生都用假装无辜的眼神回望他。唉！他多想把每个人都痛打一顿——给这些他试图教育成材的家伙一点适当的教训，让这些行为不当又毫无敬重之心的学生好好集中注意力。作为老师，他完全有权惩罚他的学生，但妻子总是劝阻他，警告他说有朝一日这些年轻学生中肯定会有人荣升高位。今天挨打的学生可能就是明日心怀怨恨的高官，所以文先生必须克制自己的专制本能。

不可避免的是，无论多么鲁钝无礼，他们中有些人将来还是会成为博士弟子，被召入宫廷。因此，文先生心里明白，他最好还是听从妻子的警告。他自己也注意到，朝廷倾向于任用具有正规教育背景的官员，比如在郡学受过教育的弟子——这也是此类学校在各个郡县遍地开花的主要原因。多年以来，文先生所在的汝南郡[1]已经有越来越多的儒生进入宫廷，担任中枢要职。

博士弟子

“博士”最初指学识渊博的学士或学者，在秦代成为一个正式称号。汉武帝时，设五经博士，用以推动儒家经典教育。五经包括《诗经》、《尚书》、《周礼》、《易经》和《春秋》。

在汉武帝及其重臣董仲舒实行独尊儒术的政策之后，各地涌现出许多精通儒家经典的五经博士。汉武帝建立的五经博士制度也为选官制度带来变革，在此之后，朝廷只从儒生中选拔官员。

由于官僚体系越发倾向于从儒生中选拔官员，新帝王莽

1 新朝时改汝汾郡。——编者注

进一步完善和改进了儒生选拔过程（文先生认为，这是一件好事，尽管从他自己的学堂来看，还可以改革得更彻底一些）。此外，皇帝还将五经增为六经，并增加了博士的人数[1]。

因此，文先生和他的同僚意识到，师生关系正在发生变化。实际上，他自己也需要适应朝廷教育政策的变化。正如孔夫子所言："工欲善其事，必先利其器。"除了最基本的《诗经》和《尚书》，一旦有空闲时间，文先生打算再学习一些其他儒家经典。他坚信，广泛学习儒家经典，可以深刻地塑造一个人勤勉正直的品性。

多亏了当下新的教育政策，从理论上来讲，文先生现在可以教导出更多成功的弟子，他们会在适当的时机进入宫廷，并最终对帝国的官僚政治产生积极影响。然而在现实中，教导十五个十几岁的男孩可不是什么容易的事情，如何才能向这些烦人的捣蛋鬼灌输哪怕一点点儒家智慧，是一件时常让文先生大感头痛的苦差事。

几个年纪稍大的男孩现在变得特别难以管教。文先生一转过身去，他们就互相扔东西、爬到对方身上玩危险的游戏、用墨水把彼此的衣服泼脏，要不就是摔碎砚台或其他文具。总的来说，文先生无动于衷的表象之下隐藏着沉默的愤怒。每个学生都还记得，他曾有过一次史无前例地大发雷

1《汉书·王莽传》："（王莽）立《乐经》，益博士员，经各五人。征天下通一艺教授十一人以上，及有逸《礼》、古《书》、《毛诗》、《周官》、《尔雅》、天文、图谶、钟律、月令、兵法、《史篇》文字，通知其意者，皆诣公车。"

霆，当时学生实在玩得太过，竟然想要在周公和孔子的挂像上乱涂乱画。

学堂里这十五个学生的心智差异极大。其中一名年幼的学生小孟在学习上表现得极为出色。每次文先生提问儒家经典，小孟总是第一个举手回答。他背诵《左传》也极为清晰准确。文先生对这孩子和他的前程寄予厚望。今天早上，他准备让小孟背诵并解释《论语》。

因此，他决定今天一上课就开始玩射策游戏，而不是像往常那样等到快下课时再做。昨晚，在学生外出聚会时，他就仔细地在木简上写了十个问题，放到他就座的小讲台上，并用盘子将其盖住。

他向全班宣布道："你们已经学习并温习《论语》很长时间了。今天，让我们看看你们记住了多少圣人与其门徒之间的对话，看看你们对《论语》的理解有多深刻。"

漆匣中的砚台

他原以为学生会为他的话而感到高兴，就像平常他们得知要玩游戏时那样，但让文先生失望的是，根本没人热情地回应他。文先生看向小孟，往常小孟总是积极地回应他的建议，但这次连小孟也躲躲闪闪，低下了头。

可若想要射策游戏开展起来，还是得从小孟开始。于是，文先生把小孟叫上前来，让他从讲台上抽取一支木简，然后大声读出上面所写的《论语》引文。

"《学而》篇。曾子曰：'吾日三省吾身。'"小孟接着背诵了剩下的句子，"……为人谋而不忠乎？与朋友交而不信乎？传不习乎？"

对于这段话的意思，这个好学的年幼学生一直有大胆的理解，他决定把自己的思考说出来："孔子在这里讲的是学习、友谊和君子。"文先生看起来对于"君子"这一说法有点惊讶，但他点点头，鼓励小孟继续往下说。

"君子有志于学。这里的意思是，君子通过学习才能获得道德和仁慈。我在《阳货篇》里读到，孔子曾说：'君子学道则爱人，小人学道则易使也。'"文先生对小孟的回答很满意，认为这一见解有理有据，简洁明了。

小孟能在回答时引用《阳货篇》，给文先生留下了很好的印象，因为他还没在课上讲授过这一篇的内容。不过，文先生打算追问下去，一方面看看小孟对《论语》的理解程度，另一方面也借机对其他同学进行阐释。"那么，友谊和君子又怎么理解呢？为什么二者如此重要？"

小孟思索了一会儿回答："曾子曰：'君子以文会友，以友辅仁。'"

当小孟走回座位时，文先生向所有学生说道："孔子曾经说过，君子有三畏：畏天命，畏大人，畏圣人之言。此外，孔子还说他害怕三种损失……"

文先生的话突然被学堂另一侧毫无征兆且响亮的哐啷声所打断。那是一只青铜酒壶发出的声音，它的盖子掉落下来，向着房间的一角滚去。一个学生跪在地板上，手忙脚乱地向滚远的盖子爬去。在一片冰冷的寂静中，文先生看着那个男孩寻回酒壶，把盖子盖好，然后把它放回到架子上。他没有质问发生了什么事情，因为那孩子已经不是第一次在应该好好听课的时候摆弄其他东西了。

于是，文先生转向这个闯祸的学生，让他上讲台来抽一支木简。"曾子曰：'嗯……死，葬之以礼……嗯，祭之以礼……可谓孝矣。'"

这孩子读得不流利，却也没有读错，于是文先生等着听他如何解释这句话。但这孩子显然已经绞尽脑汁，此刻他就像一根杆子似的傻站在那里，挠着头说不出话来。

"圣人害怕有三种损失。"文先生趁此机会接着讲起他被粗鲁打断之前要说的话，"少而学，游诸侯，以后吾亲，失之一也。树欲静而风不止，子欲养而亲不待也。"

文先生很高兴能有机会在课上讲授这一论点。官府乐于让经师们在授课时提倡孝道，文先生和其他经师也一致认为，如果博士弟子想要更加孝顺自己的父母，就应该按照儒家经典中有关孝道的内容身体力行。

为了让学生牢记这一论述，文先生让学生把这句话抄写在他们的竹简上，然后一字不差地记住（他早就放弃了春风化雨的想法）。

学堂里安静了片刻，突然传来物品碎裂的刺耳声响。坐在中间一行的一个学生不知怎么把自己的墨盘支脚掰断了，溅出来的墨汁把他的袖子都染成了黑色。坐在他旁边的学生假装帮忙，却故意把墨汁洒在地板的席子上，让整个场面更加混乱。

文先生看着这乱糟糟的学堂，忽然注意到那只被弄坏的墨盘上装饰着雕工精美的动物图案。这对他个人来讲没什么损失，因为学生用的都是自己带到学堂的文具（出身富贵人家的学生带来的文具往往铺张奢侈）。如果这只墨盘是文先生自己的，那他一定会珍而重之，眼见它被如此粗心大意地摔碎了，他的心都要跟着疼起来。文先生强迫自己耐住性子，他让这两个学生共用一只墨盘，这样才不至于耽误课上其他学生的时间。

当今的皇帝王莽还是个年轻的游学学生时，曾拜访名儒陈参。当时王莽身着儒服，行为得体[1]。文先生认为，王莽的

1《汉书·王莽传》："莽独孤贫，因折节为恭俭。受《礼经》，师事沛郡陈参，勤身博学，被服如儒生。"

成功在于他对细节一丝不苟。他相信，如果自己的学生也身穿儒生长袍，他们可能最终也会有些真正儒生的样子。相反……好吧……文先生叹了口气，他意识到今天的课才刚刚开始，在把最后一个学生送走之前，他还有几个时辰要熬。

白天的第三个小时

（08：00—09：00　后辰时）

织工采桑

乐姐儿昨天又工作到深夜，所以她打算今天早上在床上多睡一会儿。然而，懒觉没有睡成——母亲在破晓时分便推门而入，让乐姐儿禁不住轻轻呻吟起来。“懒丫头，醒醒！装桑叶的篮子都快空了，你看不见就剩下几片叶子了吗？”

乐姐儿挣扎着醒来，晃晃悠悠地去检查窗台外边放着的竹篮。果然，篮子底部只剩下几片桑叶了，而这几片叶子看起来也都干瘪枯萎了。她家里养的蚕可不太会喜欢把这种叶子当作早餐，而乐姐儿的家务活儿之一就是负责把篮子里装满桑叶。二话不说，乐姐儿拎起篮子，向晨间清冷的屋外走去。

母亲提醒她把篮子重新装满。这没有错，乐姐儿心想，但她讨厌母亲对待自己的态度。好几个月以来，她一直做着成年人的工作，母亲却仍当她是个孩子。

想起昨天那个疲倦但愉快的夜晚，乐姐儿忍不住独自微笑起来。她的许多乐趣不仅来自工作时听到的闲言碎语和其他织工善意的玩笑，更重要的是，有些织工年龄是她的三倍，却把她当作同辈一样平等相待。

诚然，这种尊重可能部分由于乐姐儿家为当地的丝织工提供了一起做活儿的场地。像附近许多人家一样，乐姐儿家也是个体经营的织户。对于他们来说，聚在一起做活儿能带来很多便利，不仅能在急需供货时互相帮忙，而且如果赶工到深夜（最近，这种情况经常发生），还可以一起分担照明和取暖的费用。

有时，乐姐儿觉得本郡的纺织工人就像忙碌的织巢蚁[1]一样，她们的织机总是日夜不停，为富人和贵族生产数不尽的丝绸。贵人们用丝绸在宫廷中邀宠、作为女儿出嫁的嫁妆、行贿，有时也——拿来穿穿。丝绸因此成为一种非正式的流通货币，富豪之间的丝绸交易常常数以千计。

著名的外交使臣张骞出使西域时，曾向沿途各国的国王和割据领主赠送丝绸以换取善意。全国各地对丝绸的需求都在不断增加，难怪各个州郡都充斥着繁忙的织机声。丝织业正在蓬勃发展，像乐姐儿这样的熟练织工十分抢手——这也

1 即黄猄蚁（*Oecophylla smaragdina*）。——编者注

是她在这个小圈子里颇受欢迎的另一个原因。

此外，和其他人一起坐在远离自家小院的小屋里是件惬意的事。这间不大的屋子里满满当当摆了五台织机，让人觉得非常拥挤，但乐姐儿觉得拥挤的房间更舒适温暖——在微凉的五月夜晚，这种暖和实在难能可贵。此外，女人们聚在一起，还会说一些只适合晚上说的笑话，开一些只适合晚上开的玩笑，乐姐儿的母亲也会时不时端来热乎乎的汤水，鼓励她们继续工作（同时，母亲还会通过乐姐儿的工作量来偷偷检查女儿的工作进展）。

毫无疑问，乐姐儿的母亲也很怀念那些相伴做工的夜晚，但她的双手患了痹症，没办法再操作复杂的织机了。乐姐儿打从十一岁起，就不断央求母亲让自己也上织机做活，但母亲总是拒绝她的请求："你还太年轻，也太瘦小了，没法操作这些织机。过不了多久你就能工作啦，不过到时候你就会觉得厌烦了，织机的声音能把你折磨疯。"

最终，在乐姐儿十四岁的时候，母亲因身体损伤而妥协了，她让乐姐儿跟着嫂子一起做活，嫂子则耐心地教导着这名如饥似渴的学徒。

嫂子告诉乐姐儿，她在这年头成为一名织工实在幸运得很，因为当今市场对丝织品的需求量很大，织工必须努力做活才能满足市场需求。而这种对产量的需求又催生出更新、更好的织机和技术。最新的织机可以让工人坐在织机前，通过操作脚踏板让机器运转，而不是像乐姐儿祖母以前使用的那种织机一样，必须费力地来回蹲下、跪倒才能操作。这种新织机解放了织工的双手，让她们可以在复杂的织机上操纵横梁和手柄，织出此前几代人从没见过的精美图案。不论是在官营作坊，还是在私人织户家里，这种新织机都占据了主导地位，生产出来的丝绸幅面更宽，样式也更复杂精巧。

乐姐儿学得很快，不久就成了一名熟练的织工。她还很快与小作坊里的其他妇女交上了朋友。一旦她能够独立操作自己的织机，就会被当作大人，被当作能够独立做活的工人，并因此获得其他织工的尊重。

乐姐儿急切地想要确保自己的所作所为不会被其他人看轻。她仔细观察自己的工友，模仿她们操作织机时的重复动作，穿着和她们相同款式的衣服，好奇地听着她们的谈话。很快，她就学会了织工之间的行话，例如用简短的数字表示产品的数量，并在言语中大量使用仅在她们这个紧密的女性小团体中流行的俚语。

她在作坊中学到的另一件事是制作不同样式的小装饰品。昨天，作坊里的一位大姐慷慨地分享了一个编织麻绳的传统法子，乐姐儿按照这个法子自己编了一条麻绳，还用植物染料将其染成了绿色。乐姐儿把这根麻绳绑在竹篮上，外出采集桑叶时，她就把竹篮挎在胳膊上。

在乐姐儿还是个孩子时，她的父亲就在他们的房前种了一片桑树。经过改良的树种已和几代人之前所种的桑树大为不同，它们和许多其他事物一样，也为他们的生活带来了巨大变化。与过去的桑树相比，新树种的树干更矮，树冠却比过去的桑树繁茂得多，这意味着长出的桑叶也更多，更适合喂养饥饿的蚕，而且矮小的树形也更便于人们采摘。

乐姐儿最快乐的一部分童年时光就与这些桑树息息相关。每当夏天桑葚成熟时，她就会爬到树上，把美味多汁的果子塞进嘴里大快朵颐。乐姐儿八岁时，有一次，她把刚摘的桑葚都装进了嫂子新给她缝制的衣服口袋里。桑葚流出的紫色汁液把白色的布料染得污渍斑斑，不出意料，乐姐儿遭到了母亲一长串的严厉责骂，到现在都让她记忆犹新。也是那个时候，乐姐儿知道了桑葚会留下难以去除的污渍——实际上，桑葚正是织工用来为丝织品染色的多种植物染料之一。

“你也是被你娘叫醒的吗？”她揉着困倦的眼睛喃喃道，“昨晚工作到那么晚，她们就不能让咱们睡个懒觉吗？”

“没有，我爹娘都还在睡觉呢。”唐姐儿回答，语气像往常一样坚定而平静。唐姐儿非常自律，不用别人催促就起来采桑了。有时候，乐姐儿觉得她是故意要做得完美无瑕，目的就是惹恼自己。她注意到唐姐儿的篮子有一个新装饰的提手，忍不住喊道：“太漂亮了！这是用什么做的？”

“这是用桂树做的。我爹昨天用桂枝雕刻的，我给它上的色。”唐姐儿似乎颇感得意。

“你以后可得教教我！”乐姐儿回答，她那条新编的绿色麻绳显然没被唐姐儿注意到，这不禁让她有点失望。这两个女孩之间总有些暗中较劲儿的意思，现在这种比拼已经表现为相互炫耀五颜六色的小装饰品和一些其他自制的小玩意儿。乐姐儿的母亲自然不赞成这种（大多数情况下）友好的攀比，她爹却站在女儿这边。“随她们去吧，年轻姑娘不都是这个样子嘛。别总是那么苛刻。”

乐姐儿决定暂时不理会唐姐儿，而是把注意力转到桑树上。现在所有长在树梢附近的成熟桑叶都已经被摘完了，只有那些长在树冠中央的叶子还在。尽管树干很矮，但乐姐儿还是得用她爹给她量身定做的钩子才能把树干附近的叶子摘下来。她得先用钩子钩住一根适合的树枝，然后一只手用绳子拉住这根树枝，再迅速、熟练地摘去上面的桑叶。

她还没有选定哪根枝条更好——许多桑叶已经长得太老

西汉时期洪水沉积物中的桑叶化石

了，纤维不易咀嚼，她的蚕可不太爱吃这种叶子。乐姐儿沮丧地摘了几片还算凑合的叶子，然后烦躁地解开了绳子。被松开的枝条一下子弹了回去，引得其他树枝沙沙作响，惊醒了在树冠中栖息的鸟儿。它们叽叽喳喳地抗议乐姐儿扰了自己的好梦，振翅飞走。

桑树林中夹杂着几棵油桐树。这些树的花期已经结束了，等到秋天，高高的枝干上就会结满果实。乐姐儿的邻居王木匠此时正从他的小茅屋里走出来，他来到油桐树下，手里拿着一根长竿。看到这一幕，本就容易分心的乐姐儿立刻放下装了一半的竹篮和钩子，跑过去想看看王木匠在做什么。

王木匠戳了戳手里的竿子，作为对女孩的回答。他打算借助这根长竿查看油桐树的树枝，日后再来采集油桐子。油桐子可以用来榨油。他的闺女来年就要成亲了，所以他打算为她做一只考究雅致的橱柜，添置到她的嫁妆当中。油桐子榨出的桐油可以为橱柜增添一层漂亮的光泽，成为这件摆设的点睛之笔，这样一来，木匠的闺女就能拥有一件贵族家才用得起的橱柜了。

王木匠微笑着看着乐姐儿，打趣道："你爹娘肯定也急着把你嫁出去吧？你自己想什么时候当新娘子啊？"

乐姐儿羞红了脸，摇了摇头——她打算一辈子都不出嫁，但她要把这个想法深埋心底。她的理想是成为宫中织室[1]监管染料的属官，负责为皇后娘娘织造美丽的彩缎。

实际上，王木匠已经知道了她的心思，他同情地轻声笑了笑，举起长竿向油桐树走去。

王木匠想问乐姐儿，是否已经发现只有男性才能担任宫中织室监管染料的属官。然而，一想到听到这个消息后女孩失望的表情，他就于心不忍。打破这个女孩的梦想实在是太残酷了，他没法亲口说出这个坏消息。

王木匠转而问乐姐儿已经学会了多少种颜色的染色方法。他知道这姑娘必定不会错过炫耀自己在作坊里学到的新知识的机会。

“我知道五种颜色的染料，我自己已经试过三种啦。”乐姐儿告诉他。当她背诵那些奇怪的名称和奇异的染料时，她全神贯注地闭上了眼睛。“蓝草（含有靛蓝）是用来染绿色的，茜草是用来染红色的，栀子是用来染黄色的，绢云母是用来染白色的，柿子和枸骨叶是用来染黑色的。”

乐姐儿还在列数不同颜色的染料，王木匠已经准备回家了。乐姐儿希望自己展示出来的这些专业知识能促使王木匠让他女儿也尽快和自己一起尝试一些染料。毕竟，她必须先准备好红色的染料，才能把自己的结婚礼服染成红色。但王木匠还没来得及听懂乐姐儿的暗示，他们的谈话就被打

1《汉书 · 百官公卿表》：“少府属官有东织、西织。成帝河平元年省东织，更名西织为织室。”

断了。

“乐姐儿，你的桑叶采完了吗？”母亲响亮的喊声穿透了浓密的树林。她太了解女儿了，这孩子很可能发现了什么有趣的事，就把自己的任务忘得一干二净，她觉得自己有义务提醒她履行自己的职责。乐姐儿不情愿地叹了口气，开始向桑树林折返，离开时王木匠冲她同情地挥了挥手。

唐姐儿一直在桑林间辛勤地工作着（这并不令人意外），她的竹篮已经快装满新鲜的桑叶。她刻意看了一眼乐姐儿仍旧半空着的竹篮，然后接过她和王木匠的话头，显示出她完全可以边工作边偷听。

“你知道吗，乐姐儿，咱们官府的织坊比宫里为皇帝和皇后娘娘服务的织室还要大。这是我爹告诉我的。你能想象吗，数千个织工同时在一个地方工作？”

乐姐儿摇了摇头，眼睛瞪得大大的，感到不可思议。她连织室有多大都想象不出来，更别提比那还要大的地方了。她的嫂子在出嫁前曾去过一次坐落于都城里的织室。关于那里的织室是如何设立、如何组织的，她都事无巨细地告诉了乐姐儿。后来，她还跟乐姐儿说，织室中点着许许多多的烛火，几乎日夜不熄。那里时刻回荡着织机的声响，甚至能盖过八月酷暑中震耳欲聋的蝉鸣。

不过，唐姐儿所言也不虚。都城的织室可能确实很大，但还有比那更宏伟的纺织作坊。西汉时，位于东部沿海地区的齐国[1]可能拥有帝国最发达的纺织业。齐都临淄城拥有三服官[2]作坊，掌握着最先进的织造技术。除此之外，齐国还有多种制造业也名列前茅。

“早晚有一天，咱们也能到那么大的作坊里工作。”乐姐儿信心满满地回答，实际上，她心里却没那么确定。但是，她对唐姐儿偶尔抱有的敌意正在消退，因为她知道二人有着共同的兴趣和志向。乐姐儿继续闲聊，问道：“唐姐儿，你知道有一位蚕娘娘吗？”

听到这个新话题，唐姐儿丝毫没有感到惊诧。相反，她冷静地耸耸肩，告诉乐姐儿都城外西郊有一座专门祭祀蚕娘娘的蚕神庙。皇后曾经每年夏天都到蚕神庙里举行亲蚕礼，祭祀供奉蚕神。

唐姐儿的桑叶已经采集得差不多，她略带几分得意地冲乐姐儿点点头，挎着竹篮走开了。那满满一篮子桑叶几乎要从竹篮里溢出来。乐姐儿拉下一根桑枝，开始把桑叶装进自己的竹篮里，并在心里暗暗提醒自己，一定要搞清楚更多有关蚕娘娘的事情。唐姐儿似乎总是比她知道得更多，真是让人十分窝火。

这时，乐姐儿的母亲手里拿着一只篮子从屋子里走出来，招呼乐姐儿回家。乐姐儿往回走，以为母亲命令她采完桑叶就

---

1 公元前 110 年改齐郡，新朝时改济南郡。——编者注

2《汉书 · 王贡两龚鲍传》：“故时齐三服官输物不过十笥，方今齐三服官作工各数千人，一岁费数巨万。”师古曰：“三服官主作天子之服，在齐地。”

立刻回去喂蚕。平时，只要乐姐儿干活儿磨磨蹭蹭，母亲就会对她怒目而视，这次却给了她一个愉悦的微笑。

乐姐儿像兔子一般在树林间穿梭，她走进屋子，篮子里装满了桑叶。对母亲突如其来的好心情，她感到既好奇，又有一点怀疑。

女性织工

《汉书·食货志》记载："女工一月得四十五日。"意思是，女性织工的月均工作时间几乎相当于45个工作日。这是因为她们经常加班，甚至通宵工作。相比之下，男性工人的月均工作时长只有30个工作日。

一个中等农户的家庭年收入约有7200钱。一位成年女性织工通过出卖劳力或丝织品，平均可以至少再多创造三分之一的家庭收入。除了采摘桑叶和喂养桑蚕之外，丝织业生产还涉及更多艰辛而复杂的工序，包括缫丝、绕丝、纺纱、编织、染色和其他装饰工艺。

白天的第四个小时

（09：00—10：00　前巳时）

修墓人带徒弟

这本该是个悠闲的早晨，可以从容地准备好工具，设计好雕刻样式，等到下午再动工。然而，太阳才刚刚爬上路边杨树的树梢，董师傅和徒弟已经在匆忙赶工了。

他们承接了为王家的祠堂和家族墓地雕刻浮雕的任务，本以为能有足够的时间从容不迫地完成这项工作，但墓室的主体结构延误了整整一个月还没有完工，因此所有人都只能干等着。更为棘手的是，雇主的父亲突然间得了重病，如果流言可信的话，那位老人可能活不过这个月了。他的儿子因此不断催促修造墓室的工匠抓紧赶工。现在，董师傅必须在极为有限的时间内完成墓室的雕刻，因为无论那位老人是否健在，他的家人都打算在月底把墓室修造完毕，不得延期。

王家在当地颇有名望，他们家的事情往往被当地百姓口口相传，成为茶余饭后的谈资。王家的族长几年前故去了，家族事务现在由族中的第三代掌管。新族长是王家祖先的长孙，三十多岁年纪，风度翩翩，颇为自信。展示设计草图时，董师傅见过他几次，图上绘制着祠堂的样式和结构。这个年轻人给董师傅留下了深刻印象，不仅因为他彬彬有礼、精明老练，也因为他对浮雕草图中的吉祥寓意和符号纹样有着细致入微的了解。

通常情况下，董师傅在接下这样的雕刻任务后，会先协助雇主对图案进行选择和设计，然后，在正式雕刻之前，他会亲自绘制草图。但王家明确知道自己想要何种图样和装饰。他们要修造的建筑，既是祠堂，又是家族墓地。

仅在一代人之前，一座形制普通、雕刻着粗糙流行纹样的墓室就能让王家心满意足。但近来繁荣的经济浪潮让商人阶层陡然而富，也催生出一个蓬勃发展的新兴职业阶层——技艺娴熟的石匠，以满足商人阶层对日益精美奢侈的石刻的追求。顶尖的石匠甚至能够享誉全国，他们不断探索新的风格和工艺，好为雇主留下深刻印象。一些雄心勃勃的石匠甚至不惜长途跋涉上千里路到达首都，以期能在皇家工程中一展身手。另一些石匠则在雇主之间来回奔波，在全国各地都留下自己的杰作。

董师傅也希望跻身于这批行业翘楚之列，他一直期盼着能接到这份差事，借此显露自己和徒弟的身手。因此，他打算把最好看的式样和最精美的设计都展示出来，不仅要让王家满意，更要让那些有可能看到这一作品的其他显贵留下好印象。谁知道呢？说不定这座墓室还能给董师傅带来一份为皇室朝臣修造墓地的差事，那些精雕细刻的墓室藏在山林之中，里面装满了金银财宝，伴随着死去的贵族步入来世。然而，王家墓室的一再延误似乎让董师傅的这些打算都化为泡影。

董师傅一大早就赶到工地，此时仍有些呼吸急促，他转向面前的墓墙，沮丧地摇了摇头。建筑工匠订购的石料没有按时送达，只得用手头能找到的材料仓促赶工，这导致工程质量十分粗劣，留给董师傅的墓室墙面坑坑洼洼、凹凸不平，远非他所预期的整洁平滑、等着他用栩栩如生的浮雕进行装点的墙面。无奈之下，建筑工匠不得已使用了白色砂岩，而且他们还把砂岩和其他能够仓促找到的各种石块混在了一起。董师傅并不是真的责怪工匠们使用了砂岩，毕竟巧妇难为无米之炊，没有其他建材，他们还能做什么呢？他真正恼怒的是工匠们似乎把这些石块随意地砌进了墙里。

每块石头都有着不同的纹理和材质，结果就是墙面看起来乱七八糟、色泽不一。董师傅看到建筑工匠干的好事，绞尽脑汁，想办法把雇主设计的美丽图样雕刻在这些胡乱拼凑的各色石块上。他现在已经明白，最终结果很可能不尽如人意，但董师傅认命地耸了耸肩——他只能尽力而为。

白砂岩一直以来都是石匠的噩梦——这种石材根本无法长久保存董师傅精湛的雕刻技艺。但雇主似乎以为石头都可以免受风吹雨打的影响，坚不可摧，永固千年。优质的花岗岩或许能够如此，但白砂岩就好像海绵一般，会吸收空气中的水分——当水分饱和时，砂岩就会坍塌碎裂。在这种石材上精雕细刻简直是浪费工夫，董师傅沮丧地意识到，不出十年，他的作品就会被侵蚀殆尽。

考虑到砂岩的低劣材质，以及在不同石材表面统一雕刻风格并进行抛光的需要，董师傅决定采用最简单的雕刻样式，这种样式近来在都城周边地区日渐流行起来。他在都城附近初次见到这种样式时，自己还是个年轻学徒，现在，他要在这种经典石雕样式的基础上重新设计自己的草图。回想起那些激动人心的日子，他不禁叹了口气。在那之前，人们认为石刻技艺不过是粗糙的体力活儿，直到那时，石刻行业才达到与漆器、青铜器和细陶器等手工艺平起平坐的地位。但凡建筑工匠了解这段过往，在为他准备原材料时都不会这么漫不经心！

董师傅的两个学徒其实就是他的两个侄子；他自己没有儿子，所以把这两个孩子视如己出。董师傅惆怅地想起自己最初设想的轻松的进度安排，希望他俩还能够按照原计划施工。因为王家的这个工程看起来是个很不错的机会，正好可以进一步训练侄子们的手艺。但眼下他容不得侄子们出任何差错，因为他根本没有时间纠正弥补他们的瑕疵。

现在，大部分雕刻工作已经完成，但越是接近尾声，他们就越需要小心谨慎，以免造成任何损坏。董师傅提醒自己，要警告小伙子们，用铁凿镌刻白砂岩时，动作一定要轻柔适度，因为这些石材非常易碎。此外，粗粒砂岩质地坚硬，很难在其表面雕刻出繁缛图案的细微线条。即便到了最后一步，如何为作品抛光也将是非常棘手的难题。

董师傅把工具袋放到地上，开始为学徒分配任务。大侄子干这一行的时间更久，手艺却比不上小侄子，不过，这孩子贵在做事稳当，无论交给他什么任务，都能认认真真地完成。从昨天起，这个小伙子已着手为青石表面抛光，董师傅叫他接着把昨天的活儿做完。这块青石占据了右侧的大部分墙体，其质地是细粒的石灰石，这意味着石材需要好好抛光才能使用。然而，细粒也同样意味着它比一般石材坚硬得多。抛光因此成为一件非常耗时的工作，更别提董师傅对成品的要求还极为严格。他坚持抛光后的石壁必须犹如皮革般光滑，在早晨的阳光下亮如明镜。

董师傅为这座墓室选择了简单朴素的风格，雕刻起来却绝非易事。实际上，创作如此自然的装饰风格需要大量的想象力和精湛的雕工技巧，这样才能把心中所想转化为现实中的精美图案。工匠必须对石材的质地了然于胸，使装饰风格与所用材料两相适宜。最为关键的是，雕刻师要思考如何才能把石壁表面不同矿物的纹理巧妙融入自己的设计之中。

这种简单的设计样式与董师傅老家沂平（原名东海）郡[1]的工匠们所喜欢的那种繁缛之风相去甚远，但自打这种样式从沂平郡东边的邻郡引入都城之后，正逐渐流行开来。石匠是流动性很强的群体，手艺最好的石雕大师们为了赚取更丰厚的报酬，不惜长途跋涉。同时，他们也把新的风格和设计思路传向四面八方，被当地的石匠所吸收，所以他们的作品总是与时间和不断变化的审美偏好相融合。

大侄子开始为青色的石灰石墙面抛光。董师傅向小侄子走去，小侄子正在整理放在地上的铁质工具。在这两个孩子中，董师傅觉得小侄子更能够兼具艺术创造和工艺技巧。这个年轻人将是他理想中的接班人，但董师傅现在还不打算告诉他。

“我已经教了你很多雕刻技巧了，现在让咱们实践一下。”董师傅拍了拍小侄子的肩膀，对他整理工具的出色表现表示赞许。地上从左到右整齐地排列着两把斧头、两把锤子、几把头部尺寸不一的凿子、两把锯子、几把小钻子和几把刀。由于石壁质量低劣，董师傅不得不拿出所有雕刻器具和看家本事。多种技艺轮番上阵，包括基本的阴刻和阳刻，以及浅浮雕、高浮雕和透雕。

1《汉书·地理志》：“东海郡，高帝置。莽曰沂平。属徐州。”

石刻技艺

画像石墓最早出现于西汉中后期，之后广为流行。这种墓葬形制一直延续至新朝和东汉时期，在今河南省南阳一带、陕西省北部和山东省尤为常见。在典型的东汉画像石墓中，雕刻纹样常被有序地组合在不同区域当中，以表达理想中的“三界”，即天界、仙界和人界（尘世）。考古证据表明，在当时的高平（位于今山东省西南部）等地，曾有一批专门从事画像石雕刻的工匠。

下一步仅需要凿出简单的阴刻线条即可。墓顶下方的一面小小侧墙上有三块石板，董师傅已经在上面勾勒出一些人物、动物和几何图案。黑色的墨线在打磨过的石壁上非常显眼，董师傅拿起刀和凿子，走到石壁跟前。他仅用拇指摸了摸刀刃，就判断出光凭这把刀完成不了这项工作，于是，他决定用刀和凿子一起雕刻初始线。他一边这么说，一边把刀递给侄子让他检查。董师傅注意到，镇上铁匠生产的钢刀即使反复使用，刀刃也锋利如初。但是，那种钢刀极为稀有，其昂贵的价格也足以让人望而却步。

董师傅拿回刀，把刀刃压在石壁上，然后沿着墨线缓缓留下一条刀痕。“持刀始终要稳，尽可能用力往下压，同时确保施力均匀。”董师傅一边教导徒弟，一边用刀刻出一条长线。然后，他把刀递给这个仔细注视着他的孩子，伸手去拿锤子和凿子。

董师傅把凿子举到几乎和石壁垂直的位置，开始锤击。他沿着刚刚刻出的线条凿出一条细小的凹槽。“始终要保持凿子倾斜，但只能倾斜一点点。锤的时候要轻，尽量不要凿出任何石屑。”侄子点点头，他已经习惯了师傅的教导总是以“始终”为开头。

在石壁表面雕刻线条采用的是最简单的阴刻技法，但在这一步骤中，仍有许多细小的地方容易出错。尽管如此，董师傅还是让小侄子接过手来，他则在一旁密切关注进展。虽然有点不情愿，但是董师傅不得不承认，这孩子做得非常不错，刻出的线条既整洁又专业。

“稳，始终要稳，始终要分毫不差地遵循草图的线条。”这个年轻人此刻正在雕刻大象弯曲的鼻子。董师傅全神贯注地监督着小侄子的工作，完全没注意到大侄子此刻正站在身后看着他们。

象鼻慢慢成形的时候，大侄子笑着问道：“这是什么东西？是钩子还是什么玩意儿？”董师傅却没有笑，因为他清楚这些曲线非常不易雕刻——想要刻好曲线，既需要精准把握腕部的力道，又需要一双慧眼关注细节。为了让小侄子全神贯注地完成这一任务，他烦躁地把大侄子赶到一边。

小侄子敏捷而干练地把大象的其余部位也雕刻了出来，

包括象鼻，四肢和背部。实际上，这已经不是这孩子第一次独立完成整个图案的雕刻了，看起来，他几乎已经掌握了这种简单的阴刻技艺。董师傅颇感欣慰，嘴上却没有表达出来。的确，这个年轻人只要一举起凿子，董师傅就站在一旁喋喋不休地指指点点，就好像他侄子完全是个新手一样。但董师傅认为，当学徒时练得再多也不过分——只有把这种技艺练成下意识的反应，才能确保最终不会出错。

董师傅决定让这小伙子自己雕刻剩下的两个小的人物形象。“始终屏住呼吸，留神边缘部位。”他又多余地重复了一遍，然后走过去检查抛光的石壁，尽管他知道大侄子要一直勤勤恳恳地干到午饭时间，才能完成这项乏味、辛苦的差事。

董师傅摸了摸石头表面，又研究了一下石板之间的空隙，沉默而怨怒地摇了摇头。石头之间的空隙本该用石灰仔细密封，但看看这活儿做得多糙！有些石板甚至没被砌在合适的位置上，随时有可能掉出来。唉，这些建筑工匠！

雇主想要在这面墙上刻出王家大宅的形象。尽管董师傅从来没有去过王家的宅邸，但雇主在草图中给他展示了这个图案。他记不得自己把那张画着草图的皮革放到哪里了，于是用粉笔在地上勾勒出大致的轮廓。然后，他转身面向墙面。

墙壁顶部砂岩石板上的一条纹路看起来就像屋脊一样，正好可以把它当作屋顶瓦片的连线。董师傅和徒弟甚至可以在下面的石板上重复这一图案，创造出多层建筑的形象。接下来，等他们把底纹凿出来以后，大宅的屋顶就会恰好呈现出浅浮雕。董师傅拿起一把凿子和一把锤子，一边向徒弟演示他的计划，一边还唠叨着常常挂在嘴边的多余警告——凿子必须始终与石壁保持几乎垂直。

董师傅退后几步站定，用手支着下巴，环顾正在施工的墓室。在这里，也就是大侄子正在抛光的那面墙的下半部分，可以在石灰石上雕刻细线来表现大宅的门、窗和其他特征。他们会把屋顶漆成黑色，把门窗漆成红色。总的来说，他对这个设想相当满意，尽管他觉得构图确实有点松散。

通常来讲，画像石墓的墓顶和墙壁上雕刻的形象、图案要更加多样化。主题包括宇宙、天国和代表祥瑞的神兽，如獬豸或其他想象中的动物，或是日常生活中的场景，如舞乐、宴饮和农耕。有时也可能描绘宗教人物和传说中的场景，甚至偶尔还会出现带有情色元素的图案。

董师傅感觉，在现在的设计中应该再添加更多动物形象，最好是那种能够带来好运的吉祥神兽。然而，王家的族长是个精明冷静的商人，并不追求虚无缥缈的东西，他选择的设计样式反映了他简洁优雅的处世方法。

完成这部分工作之后，他们马上还要继续雕刻祠堂的其他部分。董师傅好奇接下来还会遇到哪些挑战。

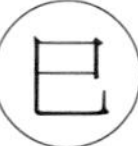

白天的第五个小时

（10：00—11：00　后巳时）

盐工煮盐

桓公曰："然则吾何以为国？"

管子对曰："唯官山海为可耳。"

桓公曰："何谓官山海？"

管子对曰："海王之国，谨正盐策。"

——《管子·海王》

时近中午，小高才离开盐池。耗到这个时候才开工，并非因为偷懒，而是由于潮汐。小高和工友不得不等到潮汐退去、烈日升空后再开工，这样太阳才能把盐场里的海水蒸发掉。然而，对于一个十九岁的年轻人来说，在海滩上跋涉就已经够令人大失所望了。

盐就是产自大海的白金！小时候，小高曾惊叹于太阳的魔力竟能把平平无奇的海水变化为美丽的盐晶。而这些盐晶又可以把普通食材转化为餐桌上的美味佳肴。他的祖父就惯于制作腌鱼，然后再将其烟熏，如此备好的鱼肉是他祖母那道著名的鱼米饭中的主要原料。

如今，小高的祖父和祖母都已离世，他非常思念他们，也同样非常怀念那个他为了来盐场上工而匆忙离开的小小渔村。由于迫切渴望走出家乡，探索更广阔的世界，小高只能安慰自己，除了告别故土，别无他法。他是家族中第一个选择不做渔夫的人，但实际上，在这一水域中捕鱼委实是个危险的营生。尽管收成不错，但大海也充满了凶险。

去年，父亲和小高的长兄在出海捕鱼时遭遇了暴风雨。熟练的航海技巧和无与伦比的好运让这对父子得以挽救自己的渔网和其他渔具，但强劲的水流和汹涌的巨浪，再加上最终搁浅时的猛烈力道，却几乎把他们的渔船撕为碎片。小高的父亲不得不向邻居们借钱购买新船，这段惨痛的经历让他痛下决心，不再把鸡蛋放在同一个篮子里。

身为渔夫，小高的父亲从来不知道什么是“分散风险”，却非常了解这一原理。他颇有些独断专行的脾气，要求自己的长子和自己住在同一个屋檐下，即便这个“男孩”现在已经长大成人，娶妻生子。驾驶渔船有两人就足够了，年幼的小高可以通过其他途径补充家庭收入。因此，当鱼市上传说当地盐商正在寻找劳工时，小高就被告知尽快收拾好行李，搬到新的工作地点去。

盐商的作坊是私营的，总有点朝不保夕。这并非因为他们的产品没有市场，毕竟无论贫富贵贱，只要是人就都需要吃盐。实际上，这恰恰就是问题所在。盐是一种流通货币：每个人都需要它，生产或销售这种必需品的人因此就能掌控财富和权力的关键。起初，官府允许私盐贩子在市场上销售食盐，并向其征收重税，以充盈府库。但从一开始，食盐生产就是一个充满争议的行业。即便官府向其施以重税，但盐业大亨还是积累了巨额的财富和资源，甚至能够达到威胁帝国政局、破坏财政稳定的程度。

这些盐商巨头手握巨额财富，对雇工却可谓一毛不拔。利润的驱动力是如此之大，让调查剥削盐工情况的官员都感到震惊（鉴于官营作坊里工人的劳动条件都不怎么样，私营盐场中的环境竟让官员都感到震惊，必定已经到了极为恶劣的地步）。

底层日益遭受压榨，顶层的权势却如日中天，情势已经到了酿成大祸的边缘。在最为富饶的盐产区之一，吴王刘濞通过免除农业税而受到百姓的广泛赞誉。最终，刘濞成为“七国之乱”的首领。这次叛乱是大汉帝国最为惨痛的记忆之一，而这个教训也让官府决定将食盐生产从私人手中收归国有。

齐国的盐铁

《管子》是一部哲学和政治论著，由春秋时期的哲学家、政治家管仲（约公元前720—前645年）所著。管仲在齐国担任国相，他通过一系列经济改革，包括对盐铁生产实行国家垄断，使齐国一跃成为春秋五霸之一。在《管子》一书中，管仲阐述了他在政治、经济和财政等方面的治国之道。在《管子·海王》中，管仲对于如何治理山海给出了详细的经济方略，通过这些手段可以建立一个临海王国。

理论上，这一政策实行起来应该没什么问题。食盐生产应该由掌管皇帝私财的少府监管，但最终大部分职责都划归了大司农（相当于农业部长）[1]。官府官员密切关注市场动态，由于盐不会腐坏，他们可以利用国家极大的食盐储备来稳定物价，当盐价上涨时把所储食盐低价出售，当盐价下跌时再重新购进。

然而，官员喜欢在上司面前表现政绩。他们在执行时尽可能让自己的官署显得富有成效。由于国家垄断，缺少竞

1《史记·平准书》："大农上盐铁丞孔仅、咸阳言：'山海，天地之藏也，宜属少府，陛下不私，以属大农佐赋。"新朝时，大司农官名曾改为羲和等，但本书中仍用大司农之名。

争，即使食盐质量下降，价格也依旧上涨，盐工的工作条件则再次恶化。这种局面很难轻易补救，因为很多官府机构都依赖食盐带来的短期利润，并强力抵制盐商和其他商人的改革要求。

现如今，国家已经开始对一切有利可图的行业实行垄断（对山脉也要征税），但这仍有局限。一些胆大妄为的家伙一直冒着风险生产私盐，最近他们还扩大了规模，以满足老百姓对物美价廉的食盐的需求。帝国官府已经意识到，对于那些无力禁绝的事情必须网开一面，因此他们准许私人盐商少量参与到市场竞争中来。但无论官营还是私营，盐场的劳动都十分艰苦。那些到官营盐场工作的往往是年轻人，如果不到盐场工作，他们就会沦为无家可归的游民。而到私营盐场工作的人为了赚取更多报酬和最终分红的机会，会忍受极为恶劣的工作环境。

小高就是后一种人。为了报酬，他不得不忍受盐场上的艰苦条件，之前任何关于制盐的浪漫幻想都早已化为泡影。这里的工作堪称残酷。把海水变为盐晶的太阳也不再显得那么神奇了。和一起在高温下整日工作的其他盐工一样，小高现在觉得太阳就是一个诅咒。他的肌肤被盐雾所覆盖，在阳光的暴晒下像皲裂的树皮那样绽开。他那浮肿的双眼很难完全睁开，头发也总是湿乎乎的沾满沙尘。小高沮丧地怀疑，他闻起来比躺在父亲垃圾坑里的死鱼头还要糟糕。

小高身后是他临时居住的简陋棚屋。理论上来讲，他不必一定住在那里，如果盐工愿意的话，他们可以修建自己的宿舍。问题在于饮用水。海岸的这一区域缺乏溪流或河流，而这片地区的地下水又含有盐分，因此必须打很深的井才能获得淡水。打井失败是很常见的。鉴于此，挖井一般由官府或富裕的地主负责。个人或穷苦人家根本没办法挖出那种能够产出淡水的深井。

此外，盐场作坊的东家还派了两个人专门负责照顾盐工的饮食。与其说是出于同情，倒不如说负责做饭和打水的人在最重要的工作——制盐上效率更低。因此，小高只能留在棚屋里喝那些气味难闻的水。今天早上，他在水里加了一点盐，尽管他知道这会让自己喝得更多。但盐不仅改善了水的口感，对他的健康而言也是必要的。这一海岸上的盐工获准的食盐量，与在条件最艰苦的地区服役的士兵相当。

在接下来的几个时辰里，小高需要努力让海水中的盐分结晶，而同样的物质也会随着汗水从他的体内排出。维持自己体内的钠含量水平是他来到这里后最先学到的知识之一。其次就是尽可能躲避那该死的烈日。

此刻，小高斜眼看向极为明亮的水面，检查盐池的水位。这是一个建在潮间带的人工浅水湾，专门用以收集海水。昨天，小高帮忙在池底铺了一层一寸多厚的草木灰，并将其按压结实，这样一来，草木灰就能吸收更多的盐分。

到今天下午申时前后，盐池又将被潮水淹没，因此他们得赶在涨潮前就开始收集盐晶。在过去的半个时辰里，小高和两个工友把黏土和灰层从池底刮下来，堆放到池边。有时他们花一天时间来收取黏土，第二天再提取盐分。然而，最近市面上的盐价出现了小幅上涨，他们趁机雇佣了足够多的临时雇工来同时开展这两项任务。盐工的目的无非是多赚点钱，而这正是一个好机会。

小高从池底扫起一堆晒干的“糊状物”，另一名工友负责将其捡拾起来。这名盐工把这些草木灰、盐和黏土的混合物带到煮盐的地点，那是狭窄小径上的一个拐角，从那里可以俯瞰盐池（另一个煮盐点则设于比盐池更低的位置，用以处理漫出的盐卤）。清理完自己负责的区域后，小高拿起一把铁凿子，撬开那些因卡住而无法清扫的盐块。他弯下腰，一阵海风突然从扫过的地面上扬起一阵尘土，吹到了他的脸上和眼睛里。混杂着盐粒和黏土的粉尘立刻让小高的双眼一阵刺痛，一时间难以视物，他一屁股坐下来，摸索着寻找布和水壶。但即使洗过眼睛之后，小高的双目也又红又痛。他心里明白这种刺痒的感觉恐怕一整个上午都不会消退了。

此时潮水仍在缓缓退去，昨天小高在水位最低时挖的盐坑显露了出来。他在坑里铺了一层竹子、一层芦苇席和一层干净的细沙。海盐在大海中无处不在，却难以获得。盐池是收集海盐的方法之一，但盐池只能大规模修建，而且不是在所有地方都适用。但这种盐坑一个人就能挖出来，还能保存下不少富含盐分的海水。

小高望向海滩上正在工作的几个工友，他们正在为一口黑色的大铁锅添柴点火。尽管尽了最大的努力节约能源，但沙丘后面的树林还是都被盐工砍光了，木材不断被煮盐的火焰所吞没。他们也可以走更远的路程去内陆的山区砍伐木材，但那会耗费大量时间，这些时间本可以花在利润更丰厚的制盐工序上。因此，小高和工友轮流收集干草替代木材。干草燃烧速度太快，能源浪费太大，很难称得上是好燃料；但燃烧干草也能产生热量，而且还能产生用来铺在池底的大

汉代画像砖展现了盐工开采井盐的场景。画面前景部分（右下角）有几只盐锅，正在蒸发水分，这是井盐和海盐生产都有的步骤

量草木灰。

小高推测自己走到那里时铁锅也差不多准备好了，于是他装了两桶盐块，并从自己挖的盐坑里舀了些盐水，倒入桶中。他把一只桶放在火边，将另一只桶里的盐块慢慢倒进锅里，盐水碰到炙热的铸铁，发出令人心满意足的嘶嘶声。第二桶盐水也倒入铁锅后，这口锅在用石头筑成的粗糙炉灶中又陷得更深了一点。当盐开始结晶时，白色的气泡开始从铁锅中央浮到表面，然后又呈螺旋状滚到铁锅边缘。小高满意地向工友点点头。气泡翻滚得很快，这意味着盐水中的盐分是饱和的。

为了加快盐分的结晶速度，小高又往铁锅下添了更多燃料，海风一吹，火烧得更旺了。对于盐工来说，海风既是福音，也是折磨，它让铁锅和火焰的温度更高了——仿佛此刻的太阳还不够灼热似的。小高和其他盐工不得不逆风向后退去，以躲避高温和铁锅中飘散而出的腐蚀性烟雾。

在这短暂的休息中，小高看到孔哥一家人正在海滩远处劳作着。和其他临时雇工一样，孔家按照产盐多少领取报酬。由于他家就在当地，所以家里每个人都有时间轮流上工。此刻孔家两个年幼的孩子正在海滩上生火，另一个年长一些的男孩正从盐坑里提出一桶海水。孔哥的妻子步履缓慢、小心翼翼地穿过海滩。她弯腰驼背，抱着一堆沉甸甸的柴火，每走一步，脚踝都会深深陷进潮湿的沙子中。把这些沉重的柴火从远在沙丘之外的林地一路运到沙滩上，小高不禁对她的毅力惊叹不已。

盐池边缘的沙丘上栖息着一只小鸟，一连串叽叽喳喳的鸣叫宛如为他们吟唱的一首小夜曲。小高花了些工夫，以局外人的眼光来想象现在的场景。他看到蔚蓝的海边有一片风景如画的海滩，背景是身后灰绿色的群山，鸟儿的鸣唱在空中回荡。他摇了摇头。只有在这个风景如画的地方真正劳作过，才能切身体会其中的艰难。

“小高，回来！”一位工友冲他喊道。煮盐的大锅还需要小高照料，锅里的海水很快蒸腾为刺鼻的烟雾，当最后的水分也蒸发掉之后，锅里就会留下沉淀的盐晶。起初，盐晶看起来就像是一大堆白色的沙粒，风干之后会轻柔地沙沙作响。如果放任不管，盐晶里的矿物质就会像白色混凝土一样干燥凝结，因此小高需要轻轻搅拌盐晶，同时用一个小铲子把刚刚煮好的盐装进桶里。

“这是大海的礼物。”小高用湿润的指尖蘸了蘸盐粒，然后尝了尝。这可真是个好东西，他享受着片刻的轻松和喜悦。他的盐坑产量很好，但大部分海盐要上交给盐田的东家，余量中的大部分也要被税务官征走。小高却不想超量生产。一位工友脚上的溃烂伤口至今尚未痊愈。这个人被发现未经允许生产私盐，十几天里，他的脚踝上一直铐着沉重的铁链作为惩罚。解下脚镣后，这位工友备感解脱，而这也让小高明白了这项惩罚是多么严苛残忍。

一声呼喊从沙滩上传来：“小高！”工友在盐池上准备

好了，锅里的海水已经蒸发得差不多，可以再清扫另一个盐池的池底了。于是，小高站起身来，舒展了一下痉挛的四肢。休闲时刻已告结束。小高心想，我们又要开工了。

午

白天的第六个小时

（11：00—12：00　前午时）

祭官的争论

樊迟问知，子曰："务民之义，敬鬼神而远之，可谓知矣。"

——《论语·雍也》

昨晚，祭官公孙做了一个奇怪的梦。一只头顶云环的独角麒麟向一棵直冲天际的大树走来，在那棵巨树之前驻足停留。麒麟张嘴从树上衔下一根金色的树枝，然后消失在森林之中。

这样的梦让祭官深感不安。他怀疑这个梦与他对附近众多不同庙宇和宗教仪式的痴迷有关。只要一有时间，他就喜欢造访这些庙宇，享受庙里为供奉各种神灵而演奏的音乐、敬献的祭品和举行的不同仪式。

公孙苦笑着暗想，即使是身在皇宫之中的皇帝也有可能做有关麒麟和神树的怪梦。当今圣上（王莽，公元前 45—公元 23 年）是一个激进的人，他的改革推翻了前几代人更为古板保守的宗教仪式，在寺庙中营造出一种狂热的气氛。公孙立刻发现，这种变化既令人心驰神往，又让人倍感不安。

尽管公孙深谙世故，明白皇帝的宗教热忱不是发自内心，而是出于政治计谋，但这无济于事。作为新朝的开国之君，王莽的合法性不断遭受质疑，但幸运的是，这位统治者同时也是一位饱读诗书的儒生。他利用儒家学说操纵仪式和典礼，以此向手下大部分儒家官员证明自己有权领导国家。

为了表现出对传统的尊重，皇帝精心维护着常安城内供奉历代西汉皇帝灵位的太庙。除此之外，更为重要的是，他还会在常安城外新建十几座庙宇供奉自己的祖先，从而强化自己对朝政的掌控。王莽仔细研究更为严格的礼仪制度——周礼，并一丝不苟地将其贯彻到自己的礼法仪式之中。帝国首脑这种谨遵传统又推陈出新的做法，自然也影响了广大百姓的宗教仪式和日常信仰。

尽管公孙远在常安城外一座小小的乡村祠堂担任祭官，但他的平凡生活也因帝国宗教政策的变化而受到影响。寺庙一年到头都在举行各种宗教活动和仪式，这也左右着公孙的日常生活。然而，与皇帝不同的是，公孙对宗教的虔诚没有不可告人的动机，对他而言，敬奉神灵和祖先远比其他任何事都更为重要，而他也甘于将其他俗务置于祭祀礼仪之后。

此外，公孙非常喜欢自己的工作，并对在村里担任祭官一职而感到自豪。因为他不仅能够照料庙宇，还能为当地农民和他们的家人组织宗教活动，让他们有机会来往，并与散居在村子周围的其他亲属相互见面——除了农忙时期以外，组织这样的集会可不是容易的事情。

唯一时常烦扰他的事是筹措资金以维持庙宇开支，并资助庙中举办的众多活动。官府对国有宗庙直接拨款，却指望地方宗祠能够自筹资金。如果收成好，当地农民就愿意为庙宇提供粮食、牲畜和其他实际支持；然而，如果年景不好，农民几乎没有粮食养活自己和家人，更不用说向别处进献祭品了。具有讽刺意味的是，恰恰是在年景不好的时候，农民和他们的家人才会蜂拥而至，到庙宇中寻求安慰和支持，并要求祭官举办更多仪式，恳求神灵让天气好转。

幸运的是，今年上半年气候一直很温和，季节性仪式也得以顺利开展。二月举行了祭祀大地与百谷之神的社祭，吸引大批百姓前来观礼。不难想象，在以农耕为主的乡村，社祭是全年最隆重的活动之一。当地几乎所有百姓都聚集到庙宇中来，庙里预备了丰盛的食物，包括一只羊和一头猪，先将其敬奉给神灵，然后再由百姓分享。

最让公孙感到高兴的，莫过于听到参加这些祭祀活动的人感叹自己宾至如归。多年来，几乎每个参加祭祀仪式的人他都认识，并且他把殷勤周到视为自己的职责之一。然而，当一切都顺心如意时，人们就会感到时光飞逝，眼下，要开始准备秋祭了。公孙的一位友人前来拜访，他也向这位当地长老说了同样的话。

“像这样的祭祀要消耗多少食物？”老人询问。

这个问题看似出于好奇、毫无恶意，但公孙心里清楚其背后的深意，并为对方暗指自己浪费村里的粮食而感到愤怒。他将这话视为对他个人的指责，因为事实不像对方想的那样——在这种仪式中，每个人都得到了应有的份额，村里的每位老人都会分得等量的肉，煮熟的谷物则会分给妇女和孩子。当然，每个人都有大量的美酒可以饮用。是的，公孙承认仪式中的确会消耗很多粮食，但他对任何关于浪费的指责都极为敏感。

老人举起双手以示安抚。“别紧张。我不是指责你——我只不过觉得，咱们怎么能如此一直消耗资源呢？迟早有一天，仓廪空虚，羊和猪被屠宰殆尽，酒坛里除了灰尘空无一物——到那时咱们该怎么办呢？我以前参加过一次西边举办的社祭典礼，他们只给神灵供奉了一只鸡、一杯黍、一杯粟、两杯酒和半升盐，你能相信吗？”

公孙当然相信确有此事，实际上，他一直对此忧心忡忡。他坚定地认为，削减对众神的供奉只会适得其反——如果丰收后神灵没有得到应得的份额，那它们将来肯定不会再次保佑粮食丰产。公孙一直呼吁村民接受自己的一个计划，或许现在正是向来访友人进行游说的好机会，以便让这位老人支持自己。公孙很了解这位朋友，经常和他一起探讨祭祀事宜，所以这位长者比其他村民更了解经营和维持乡村庙宇所面临的实际问题。此外，这位老人在村中受人尊敬，在众多村民中享有重要的话语权。

最近，一些村子已经开始为他们的季节性宗教集会筹措资金。问题在于，现金结付价格昂贵——这笔钱即使对官员来说也是不小的负担，对农民而言就更加难以承受了。因此，公孙希望当地百姓轮流到村里的公田上劳作，每人都有被指派的任务，比如负责播种或收获等事宜。将公田产出的作物出售后，所得之资将大大补益庙宇仪式所需的费用。如此一来，庙宇就可以获得稳定的经济来源，不必再吃了上顿没下顿。

正当他们讨论劳作人手的时候，两个从村里过来帮忙的人走了进来。祭官茫然地看了他们一会儿，才想起这两人是他昨天请来协助准备祭品的。公孙请朋友稍等片刻，然后直接把来人带到厨房。厨房的矮几上放着一碗麦粒，旁边放着一小堆甜瓜。这两人是这座庙的常客，对厨房的布置十分熟悉，他们干净利落地点燃厨灶、淘洗麦粒、拾掇甜瓜。这让站在门口的祭官不禁感到他在自己的厨房里有点碍手碍脚。片刻之后，他留下这两个人自行忙碌，自己则回去继续与朋友叙谈。

这位村中的长老仍站在那里，身边的墙上有几幅画作。公孙向他诉说了自己近来一直梦到的情景。

“您觉得，这是不是意味着众神想要告诉我什么呢？”

老人并没有立刻作答，而是凝视着其中一幅画，画中描绘了一个张着大口的人物，口中还冒出滚滚烟雾或云气。两个背生双翼的人物站在中心人物的两侧，看起来就像是天宫的侍者。

画中描绘的正是风伯，公孙知道为什么老人选择站在这幅特别的画作之前。曾经有一段时间，气候异常干旱，他俩曾看到来访的巫师身穿极其华丽的服饰，为风伯表演花里胡哨的奇异法术；舞者则打扮成妖怪的样子，一边跳舞，一边敲鼓，试图唤醒电母，祈求降雨。人们认为这些表演巫戏的男巫和女巫是天神与凡人之间的重要媒介。他们不仅受到村民的尊敬，也是朝廷中最有影响力的群体之一，可以参与祈祷、占卜、占星和医疗事务。

当然，老人对那场巫戏活动已经没什么印象了。他对公孙说道，尽管自己并不反对虔诚敬神，但他确实也很担心人们只沉溺于宗教仪式，而荒废了其他重要的工作。神灵确实会保佑我们，但它们可不会亲自动手疏通沟渠、清理灌渠或修建公共设施。

公孙的设想实际上古已有之，现在他打算重新请他的朋友把这一计划说给村民们。他心里清楚，老人并不赞成铺张浪费的宗教游行，特别是他们当日所见的那种为风伯表演的巫戏。公孙瞥了一眼厅堂对面挂着的两只牛角和三条牛尾。这些都是在巫戏中使用的法器，但由于老人的强烈抵制，这些法器已经很久没有从墙上取下来了。

老人终于说出了自己的观点：公孙的梦，不仅是关于神的，同样也是关于人的。或许众神正在试图告诉它们的祭官，他最近举办的一些庆典仪式已经相当奢靡了。当地村民出于自身考虑，开始喜欢上公孙这种铺张的庆典，可能神灵正在通过梦境暗示公孙，仪式重在敬拜神灵，而不是享受奢靡的聚会。

公孙反驳道，崇拜或安抚众神本身没有什么过错，但他也赞同，那些专注于庆典宴会的人已经忘记了这些仪式背后的真正意义。“我们应该更有意识地调整仪式，使其因地制宜——这一点我完全同意。我们应该教导百姓分辨是非善恶，并引导他们一心向善，当然，这并不是说我们就应该把宗教仪式完全取消。”

其中一位帮厨已经走出厨房，斜倚在门边，安静地听着公孙和老人的辩论。此刻他插话道，他个人就很喜欢观看那些宗教仪式中的表演，聆听仪式中演奏的礼乐，而最近都没怎么听过这些乐曲了。然后，他谈起最近在都城外观看的一场礼乐演奏。男童女童排排站立，齐声歌唱，整场仪式一直持续到日暮时分才结束。

“从那以后，我一直希望我儿子有朝一日也能被那些甜美的歌声所打动。”

这一带几乎所有的宗教仪式公孙都参加过，他立即猜到这位帮厨描述的是“四时歌”的仪式性吟唱。他告诉这位帮厨，在都城乡下的宗教仪式中，还会轮流表演另外十九首歌曲。这些歌曲均由著名的诗人、作家和政治家司马相如所谱写，他为乐府诗开创了新风格。

司马相如的很多诗歌都是对神灵的颂歌，祭官吟唱了其中一首的第一小节作为演示。公孙一曲唱毕，帮厨却只是困惑地看着他，因为尽管歌词繁缛动人，在一个未经教化的人听来却很难理解。

与之相反，老人对这首歌和公孙的演唱都大为赞赏。“既然这种乐曲既优美，又得体，还具有教化意义，”他说道，“我们应该教当地所有孩子都唱这种歌。”

公孙嘲弄地轻哼一声，心想老人真是疯了，刚刚他还在抱怨宗教仪式所耗资源甚巨，现在却想开班教孩子们唱歌？他礼貌地向老人解释，聘请教师和开设学堂的费用寺庙根本负担不起。

公孙从眼角余光中注意到，那位帮厨在听到这些话后变得有些沮丧。如果他希望自己的儿子能接受某种寺院教育，最好现在就让他明白自己的愿望是不切实际的。祭官猜想这是不是他们前来寺院帮忙的原因，现在希望破灭了，他们以后是否还会再来。

另一位帮厨也从厨房中走出来，告诉祭官碗里已经盛满煮熟的麦粒，甜瓜也都切好了。“还有什么需要准备的吗？”

公孙向他表示感谢，并告诉这两人，村民们向寺庙捐赠了一些木柴和木炭，但随意堆放在厅堂之外。如果两人能够把木柴收拾到角落里，把木炭都收集到公孙专门放炭的大篮子里，那就帮了大忙。

其中一人问道："您为何需要这么多木柴和木炭呢？是要准备进行燎祭吗？"

公孙笑着摇了摇头，被这一猜想给逗乐了。燎祭是极为盛大的祭祀仪式，只有皇室或权贵才能举行。举行仪式时，他们会燃起巨大的篝火，将玉石装饰或其他珍贵宝物进献给燃烧的火焰。如果在举行燎祭时没有供奉玉石或其他昂贵的珍宝，就有可能亵渎神灵，至少也是对神灵的不敬。

相反，公孙解释说，他只是在为秋祭做准备，他计划举办一些丰收庆典，到时再点上一堆篝火，就再合适不过了。看到老人又在摇头，不赞成他浪费资源，公孙刻意抛下自己的客人，转而和帮手们一起把木炭装进篮子里。他们正在干活时，第二位帮手问道："公孙先生，我邻居前几天翻修了自家的厨灶，修完之后他给灶神供了一只羊。他的孙子现在正在当兵，我那邻居认为灶神爷会保佑他孙子的。我也应该拜一拜灶神吗？您知道，我儿子很快也要服兵役了。"

"灶神审视着尘世间发生的一切事情，我们应该对它怀有深深的敬意。如果你能负担得起的话，当然也该重修一下你家的厨灶——但你务必要事先咨询我，我好帮你选个吉日。你儿子动身的时候，让他从厨灶里带一把灶灰，这样他就会思乡情切，只要一有机会就会回到家人身边。”

公孙继续详细解释礼拜灶神的问题。那位总是自诩什么都懂的帮手现在也仔细地听着公孙的话，并偶尔点头附和。

在尽可能保持平静之后，老人终于觉得自己不得不插话了。“人们永远不该把钱财都花费在那些不符合他们社会地位的祭祀仪式上。”他断然说道。公孙心想，这种观点当今圣上肯定也会赞同——皇帝王莽和老人一致认为，宗教仪式的主要功能是维护社会秩序。

公孙耸了耸肩，他和友人在这一点上各执一词，已经争论过太多次了，没有必要旧话重提。因此，他决定把这位帮不上忙的客人请出寺院，开始准备自己的午餐。

寺庙和祭祀

汉代继承了很多秦代（公元前221—前207年）供奉的神灵和修建的寺庙。西汉初期，汉高祖召回曾在秦朝宫廷中任职的巫师，并恢复了他们在朝堂上的几个高级职务。这些巫师把民间信仰也带入了大汉宫廷，并创造出了许多新的神灵。

西汉时期官方寺庙的数量不断上升，到王莽统治时期，已达到1700余座。这些寺庙中崇拜的神灵包括山川之神、日月星辰之神、风雨之神，以及各种祖先神。

寺庙消耗了大量国家资源——在汉哀帝刘欣（公元前7—前1年）统治时期，每年举办祭祀近3.7万次，每次祭祀都要消耗大量食物、美酒和其他财物。

午

白天的第七个小时

（12：00—13：00　后午时）

燧长收割干草

这件黑色的苎麻大衣可不是老陈的最爱。苎麻没什么问题，人们常用这种植物纤维编织简单衣物；错的是这衣服的颜色。确切而言，只有士兵才应该穿黑色的衣服，但在老陈所处的这个偏远前哨，市场上卖什么衣服，他们就穿什么。以往的好日子早已一去不复返了，那时候当地官员会增发添置军衣的补贴；而现在，老陈必须设法缝补每年下发给他的一件外衣、一件无衬上衣和一条裤子——早在置办新衣之前，这些衣服就已经穿破了。

还有靴子！四十年前他刚参军的时候，就得到了这双靴子。尽管现在他只在特殊场合才穿，但靴子也已经非常破旧了。大多数时候，他就穿一双麻布鞋，然而，即便是这双鞋，他的妻子也已经缝补过很多次了，如今鞋上的补丁竟比其原本的布料还多。由于工作繁重，老陈很快就把这双轻薄易损的麻鞋穿坏了。现在，又有一根脚指头露到了最近才打上的补丁外面。

老陈叹了口气，拿起一把铁镰刀，穿过院子走出烽燧的大门。老陈打算趁着工作间隙，用一天中剩下的时间收割烽燧驻地外面草场上的干草。驻地距草场有一里远，四面墙包

位于今新疆维吾尔自治区库车市的克孜尔尕哈烽燧，是汉代在丝绸之路上驻军点的标志

围着一座近五丈高的烽燧。士兵们看起来宛如穿着铠甲的忙碌甲虫，他们沿着烽燧的阶梯蜿蜒而下，与其他在正门附近干枯草地上操练的士兵会合。有战报称，附近有匈奴骑兵出没，将士们此刻都处于高度戒备状态。

当老陈走近时，驻地西门带瓦拱门下值守的士兵骚动起来，老陈警惕地注视着他们。最近，他们善意的嘲弄已经演变为公然的羞辱。上次他经过时，一个士兵冲他喊道："老陈，今天你又捞了多少钱啊？记着继续抬高羊羔价格啊！"

他们指的是第二十号烽燧的燧长，这个人指使士兵高价售卖羊羔，比平时的价格贵出四十五钱。买方举报燧长谋取暴利，燧长因此遭到黜免。这件事成了当地的一桩丑闻，并非因为涉案金额巨大，而是恰恰相反——只为了一笔微不足道的小钱，那个燧长就失去了自己的职位、头衔和名誉。纵然大家普遍认为第二十号烽燧的燧长德不配位，老陈却能够理解那个人内心的挣扎。在边疆地区，赚钱的法子很少，当一个人家徒四壁的时候，又能怎么办呢？

西门的士兵继续嘲弄道："嘿，老陈！今儿怎么穿黑衣服啦？你被贬为普通士兵了吗？"老陈冲他礼貌地笑了笑，士兵却摸了摸自己那件细羊毛外套，上面有平织图案。"这东西可花了我一千五百钱呢，你能相信吗？日子可真难过啊！"

老陈匆匆走过，暗自琢磨是谁用那件外套贿赂了卫兵，如此行贿又所为何事。卫兵察觉到老陈的不屑，又在他背后大声喊道："你的上司都尉大人面色不善，你可得小心伺侯。"

一定程度上来说，这是对老陈爵位的挖苦。老陈的爵位是公乘，在西汉二十个爵位等级中排第八级（当下已是新帝的时代，但民爵还是存在的）。能获得这一爵位已经不坏，在富裕的中原地区，老陈的许多同级都能从自己的爵位上谋取钱财。而在干旱偏远的边疆地区，老陈却处于最悲惨的境遇当中。他重任在肩，但没有多少实权，能通过爵位捞取的好处更是少之又少。

他的俸禄也没有多少。每个烽燧按理说都应该自给自足，但没人告诉老陈究竟怎样才能做到自给自足。官府为他们提供诸如武器之类的军需物资，但除此之外其他一切花费都要从老陈自己的俸禄里出。令人震惊的是，燧长的俸禄比他手下三个士兵的俸禄还要少。

原因在于大多数燧长都是富家翁，他们担任燧长这一职务，为的是与自己的爵位相匹配。但老陈除了俸禄之外，没有其他收入，他没法像富人那样修整自己的烽燧。老陈日夜忧惧，害怕自己被褫夺爵位，让自己和儿子又沦为平民，所以他勤勤恳恳，任劳任怨，努力在上司面前好好表现。这就是为什么他要赶在午饭前这段本该空闲的时间匆忙收割干草。

燧长这一工作实际上比老陈自己预想的要安全，因为那些为了头衔和地位才担任燧长的人，更喜欢到荒凉且随时会被匈奴袭击的边防要塞以外的地方上任。近来，匈奴人或将来犯的传言甚嚣尘上，就在今天早上，老陈还趁机向一位带着大批政令从地方官府前来的邮差打探消息。

这些政令警告他要为匈奴人的进攻做好准备。老陈和其他燧长要想尽一切办法加强防御。上级会巡查他们的驻防情况，消极拖延的燧长都会受到处罚。此外，戍卒必须用心练习箭术，如果任何一名戍卒达不到令人满意的标准，燧长也要为此负责。战马要安置在马厩中，如果发现有任何一匹战马在烽燧之外，燧长自然也要因此受到惩处。

老陈对自己的防务工作倒不太担心。他手下的三名戍卒一直在为即将到来的九月秋射比赛勤加操练。去年他们的平均分数非常令人满意，满分十分，他们赢得了八分。就连老陈十岁的儿子（他的长子六年前在一场战役中殉职了）也和士兵们一起学习骑射。老陈的马匹也一直照料得很好，因此他没有什么可担忧的。

匈奴人也有自己的节日，以往，匈奴人在过节之前会尽可能避免动武。然而，邮差认为，今年的情况会有所不同。

老陈已经看到其他烽燧燃起了烽烟。烽烟一会儿就散去了，这意味着，至少目前而言，来犯者人数很少，而且是散兵游勇。第十三号到第十八号烽燧损毁严重，然而，与其说是被敌人摧毁的，不如说是败在守军毫无章法的应敌计划之下。负责的官员受到惩罚，既因为防线溃败，也因为此人竭力掩盖战败事实。

老陈此刻在草场上收割干草的原因之一，就是想要提前做好物资储备。尽管他只是这个庞大战争机器上一个小小的齿轮，但他那座烽燧上点燃的烽烟，有可能在某个关键时刻传递出对整个边境军情都至关重要的信息，为此老陈力求万无一失。

他的职责就是立刻判断出周围烽燧所燃烽烟的意义，如果军情需要，再把这些信号继续传递下去。这一精心设计的军事情报体系意味着老陈需要将不同类别的燃料都牢记于心——因为在这一情报系统中，不论是用草燃烧的烟，还是用其他不同木材燃烧的烟，都有其特殊含义。这些信号的含义本应属于国家机密，但老陈确信，现如今匈奴人通过敏锐的观察已经破译了这些信号。

迅速熄灭的烽烟是最低级别的预警信号，表示有不到十人的匈奴骑兵正在接近。之后，按照军情危急程度，警报级别会不断上升，到第五级警报时就会烽烟不断——这意味着有超过千人的匈奴军队，他们不仅向边境袭来，而且正在发起进攻。这个烽燧体系是广袤无垠的西北边境上快速传递军情的唯一途径，而对于那些有失职守的将士，朝廷也会予以严惩。

第二十二号烽燧的燧长是老陈的密友。有一回，匈奴人在发动了一次毫无章法的突击之后，其他烽燧的烽火都熄灭了，只有那位朋友的烽烟一直燃烧着。老陈只能绝望地看着第二十二号烽燧那被人遗忘的烽火最终自己燃尽。边境上的守将匆忙调动军队，到头来却发现只是虚惊一场，因此雷霆震怒。那位燧长无法为自己的玩忽职守找到令人信服的理由，因此挨了五十大板。这是一种严酷的惩罚，因为木板很重，目的就是让人致残。自此以后，老陈的这位朋友就半身瘫痪，卧床不起了。

想想这些，老陈就觉得割草不是什么太繁重的工作了，他站起身来，舒展了一下背部，满意地看着自己的劳动成果。在如此干旱的内陆边疆，草场附近的那个小小湖泊简直就是大自然的奇迹。诚然，湖水尝起来是咸的，但它同样也为堡垒和烽燧里的戍卒提供了盐分，而湖畔由盐水灌溉的草则是极好的茅草来源。那些草生长在湖的另一边，但此刻到另一边放牧太过危险，于是老陈只能在湖这边收割干草。作为战马的饲料，这些草尝起来更甜。

老陈把割下的草都堆起来，决定收工回去吃午饭，明天再牵一匹马来把干草驮回烽燧。他现在得回去看看士兵们的修筑工作做得怎么样了。这座烽燧已经很古老了，需要不断维修才能防止坍塌。老陈必须让这座防御工事处于良好状态，因为他实在囊中羞涩，没钱私下塞给巡查官，好让对方睁一只眼闭一只眼。上一回，巡查官瞅着剥落的灰泥向老陈使了个眼色，显然就是在索要贿赂，最终却两手空空，失望而归。老陈心里明白，下次检查时这地方必须完美无缺才行。那个腐败贪官索要的贿赂是老陈所剩无几的唯一一点家财，所以，他必须确保万无一失，让巡查官没法在鸡蛋里挑骨头。

这座烽燧有一个宽阔的长方形基座，却不是很高。实际上，在老陈为这座烽燧架设梯子之前，人们靠一根绳子就能爬上去。烽燧是木骨泥墙：用木材搭好框架，中间用芦苇填充，再涂上一层层灰泥使其固定在原地。由于黏土质地和修补季节的不同，土坯墙呈现出青色、淡红或白色等多种色彩。几十年以来，老陈一次又一次对这座烽燧进行修补，但总是还有做不完的活儿等着他。在他年轻力壮、精力充沛的时候，他自己一人就能完成所有修补工作，但随着年龄渐长，他便不再介意让戍卒帮他一起修补。

在动身割草之前，他给士兵们留下了他事先备好的茅草和黏土，此外还有一把木质的抹子。铁器在边疆地区可是供不应求的稀罕物品（这就是老陈去湖边割草也要随身携带铁镰刀的原因之一），所以士兵们不得不用木质的抹子施工。多年以来，老陈已经成了一个制作和使用木质工具的老手，他觉得士兵们也能变得跟他一样熟练。如果他的属下一直都在勤恳工作的话，此时此刻烽燧的墙壁应该已经抹平，新补的涂料正在正午的阳光下晾晒。

接下来，他们就可以腾出工夫开始下一项工作了。他们得先到离烽燧五里之外的另一个地方。去年秋天的大旱让两棵胡杨树缺水而死，从那时起，两棵枯木就一直矗立在河边。老陈一直留意它们，虽然官府应该为边哨提供必要的木材，但大多数时候，他们还是不得不自己设法获取木材。无论如何，这两棵树都得用来修复去年冬天烧坏的柱子。尽管老陈不断提醒士兵和自己的儿子，火灾对烽燧的危害跟匈奴人一样严重，但事故还是不可避免地时有发生。当然，一旦发生意外，官府就会追究老陈的责任，因此到头来还是得由老陈将其修缮完好。

几天前，他们把枯树砍倒，老陈不由得感叹自己走运，因为这两棵胡杨的材质非常之好。人们都说胡杨树三千年不死，三千年不倒，三千年不朽。老陈自然活不了九千年去印证这个传说是否夸张，但坚毅遒劲的胡杨树的确更符合边境人民的心境，因此，他们用胡杨木修建房屋，而不是当作柴火（不过，老陈确实打算再来一趟，把树根挖出来带回去烧火）。

现在，其中一棵树已经成了马厩中的一根支柱，这一次，老陈只希望运输木料时不要再发生上一回的窘况。运第一根胡杨木时，由于木料太重，他们的手推车在碰到第一个坑洼时轮子就坏掉了。老陈和一名年长的士兵试图修理车轮，另一名年轻的士兵则跑回烽燧，牵来一匹马，并拿来一根绳子。他们一边用这根绳子暂时绑住坏掉的辐条，一边担忧地盯着头顶聚集的云层，这预示着一场沙尘暴即将到来。

沙尘暴很常见，而且会对燃起烽烟信号造成很大干扰。实际上，这也是烽燧备有马匹的原因之一，这样信使就可以在烽烟信号不起作用时骑马传递信息。但没有人愿意当信使，因为一旦沙尘暴降临，最安全的做法就是待在室内。当然，更没人想在沙尘暴降临时一边喝着风沙，一边在布满车辙的道路上步履蹒跚地拉着一辆摇摇晃晃的车，身后还跟着两匹闷闷不乐的马，载着沉重的木材穿过滚滚黄沙。

不过，这些马儿辛劳一些也是值得的，有了这根胡杨木支柱，它们的马厩会变得更加坚固安全。老陈认为再对马厩的屋顶小小修理一番，应该就能很容易通过下次检查了。巡查时，通常会首先检查马厩，因为马匹是重要财产。有时候，老陈觉得官府重视马匹更甚于重视他们，因为像老陈和戍卒这样的小人物更容易被取代。老陈喜欢马，他也希望马能有个整洁的马厩，但他实在不能苟同官府对待人和马的态度。

快要抵达烽燧时，老陈考虑是否现在就去牵一匹马把干草都拉回来。他已经探明湖畔那片草场水草丰美。他和手下的士兵一起出发，可以运回整整一车干草，明天他们可以再去运剩下的那棵胡杨木。

突然，烽燧上传来一声大喊："点火！"

老陈立刻发足狂奔，冲进院子。眺望茫茫沙漠，他可以看到其他烽燧已经燃起烽烟。他冲士兵们大声喊叫，让他们点燃烽火，升起旗帜，备好马匹。今天没有时间再收割干草了。相反，他们要应对匈奴人的进攻。

白天的第八个小时

（13：00—14：00　前未时）

仓啬夫接受校验

京师仓不是一栋单独的建筑，而更像是一座由粮仓组成的小型城市。这个由众多大型仓库组成的建筑群占地上千亩，每座大仓都可以存储数以万石计的粮食，大仓周围还围绕着许多小仓。当屯满粮食时，这座粮仓之城的存量能够超过一百万石。

大洪负责管理一号仓和二号仓，这两座仓库位于粮仓之城的正中心。实际上，占地约三亩半（约折合 1662 平方米）的一号仓是整个仓库群中最大的粮仓。大洪的工作尤为重要，因为仓库里储存的是军队粮饷和皇帝其他属官的口粮。大洪刚开始在粮仓工作时就被告知：“这些粮仓可是国家的心脏。没有这些粮仓，整个国家就会立刻土崩瓦解。”多年经验让他明白粮食对国家的重要意义，现如今他对这些说法已然深信不疑。

由于管理粮仓责任重大，大洪现在比往常更加小心谨慎地存放粮食。据消息称，几个月前汉军主力就已经向粮仓进发了，无论发生何种情况，大洪都想提前做好准备。他的同乡小白就在军队里任职，但关于军情，他能透露给大洪的信息并不多。

“我能知道什么啊？我们只是无名小卒而已，上级命令我们干什么，我们就干什么。不过，看起来军队要在这里待很长一段时间。营帐已经搭好了，炉灶也已经修好了，还通知我们很快下发冬衣和靴子。”听到这个消息，大洪可高兴不起来，一是因为军队长期驻扎确实会消耗很多粮食储备，二是他原本指望小白回村时能帮他给妻子带些消息，但现在看来这个打算一时半会儿很难实现。

大洪家离粮仓不算太远，但想要经常回家探亲的话，却也说不上多近，特别是大洪现在还有其他职责在身。几年前他初来粮仓，只是一名卑微的仓佐（粮仓的助理管理员），在这个相对较低的职位上，他每两个月就能回一趟家，帮妻子料理农田。但在此之后，官场中发生了一些戏剧性的变化。

一开始，仓监（粮库监察官）因贪污受贿而被捕。但这一职位不能长期空缺，否则粮仓就不能正常运转，于是官府很快派人顶替了他。在罢免了这位腐败官员之后，官府唯恐重蹈覆辙；属员们则很快发现，新任上司诚实守信、清正廉明、严酷高效。新仓监刚一上任，就收集账簿，并花了大量时间反复校验。

这次清查又暴露出更多骗局和腐败，毕竟很少有东西能比粮食更容易变现。在又一轮的贬黜和随之而来的提拔中，包括大洪在内的低阶官员被填补到新近空缺的职位当中。大洪顶替了原上司的职位，由一号仓和二号仓的仓佐升为仓啬夫。他很乐意接受新职务带来的额外职责，但如此一来，庶务缠身的他很难再回家探亲。

仓监警告道，如果粮仓达不到他所要求的严格标准，就要对属下施以惩处。比如，一旦发现有鸟儿和鼠类进入粮仓偷食谷物，管仓之人就要吃官司。这使得大洪不愿意把仓库交由下属料理，即便是为了抽身回乡几天也不能放心。

正午刚过，大洪在为一批新入仓的谷物撰写文书。昨天日暮时分，大洪等在沉重的粮仓木门边，亲自监督一号仓的谷物入仓。待最后一辆车卸载完毕，他又当着两名仓库卫兵的面亲自锁好了仓门。

当时，他在竹简上快速记下入仓谷物的种类和数量，今天下午，他打算再核对一遍这些数字，另外增补一些其他信息，这些都是大司农的属官太仓令审核记录时所需要的。“粟八十三石，运自东方。”写完这批账目后，他又加上了自己和在场两位卫兵的名字。“总计，粟一千六百五十二石，五月。”这是本月入库的谷物净额。正当大洪打算计算过去两个月的谷物吞吐量和净余额时，太仓令的一名信使赶来了。大洪被命令放下手头一切事务，并告知仓门卫兵：粮仓要立刻接受检查。

面对这次突如其来的检查，大洪十分镇定，他等待这次校验已经有段时日了。太仓令遵照大司农的指示，定期检查大洪所辖粮仓，大洪心里清楚马上又要例行校验了。他自我安慰着，平日里自己素来如实记录，光明正大，但太仓令让人生畏的仔细盘查总会让他胆寒。他的账目将会与上次校验和审计的结果进行细心核对，太仓令的调查也会极为彻底。

此外，太仓令还会寻找粮库受潮的蛛丝马迹，尽管京师粮库海拔相对较高，却与运河相距不远，受潮一直都是个问题。除此之外还有霉菌。大洪对粮食生霉尤为困扰，不仅是出于职业原因，也因为在经历了家乡的多次饥荒之后，他强烈认为让好好的粮食就这么腐败变质是有违人性的道德犯罪。如果他的粮仓里发现潮湿生霉的迹象，大洪的自责会比太仓令的责难更甚。

这一困扰同样促使大洪去熟悉仓库的防潮技术，他经常向同僚高谈阔论保持空气流通的重要性。私下里，“谷物也需要呼吸”已经成了他的口头禅。通常粮食会被存放在仓库内架离地面的木板之上。地面和木板之间的空当（高达近四尺）能够确保通风良好，而厚墙之间所开的网状孔隙和小窗则进一步确保了空气对流。此外，高高的仓顶边缘还建有重檐，确保雨水不会流进粮仓之内。

大洪走到粮仓门口迎接太仓令时，看了一眼透过檐下护网洒下来的午后阳光。有一种飞蛾在潮湿环境中能够快速繁殖，大洪知道，只要在阳光下发现一只这种蛾子，肯定就有其同类也在别处暗中滋生。

大洪有一些想法打算呈报给上司，他不知道这次校验是不是一个好时机。他承认现在的粮仓设计在隔热、采光和通风上都很适宜，但总有还可以改进的空间。例如，他曾和一位来自国家西南部蜀地的士兵交流过，当地人们用竹子一类较轻的建材修建粮仓。竹墙不仅造价便宜，材料充足，而且通风性能极佳。大洪当然不认为把京师仓的墙都改用竹子建造是什么可行之策，但不妨对现有粮仓进行一些改进和修缮，他认为，可以在仓顶和墙壁部分尝试使用这种更轻的建材。

大洪打开仓库大门，太仓令及其随行人员一起步入仓内。他离开官署时，带着自上次校验以来这三个月的文书账簿，现在，他把这些账目上交给太仓令的一位随从。当随从检查账目时，大洪一边和太仓令穿过仓库，一边向他解释账目中的数字。

这座粮仓目前只用了三分之一的空间，但已经让人感觉满满当当了。当他们靠近成堆成堆的粮食时，谷物的甜美香气与谷壳让人觉得牙碜的味道混杂在一起扑面而来。

大洪指向左边远处一个较小的谷堆。“那是三月入库的。那个月净盈余很少。三月天气很不好，有好几天运河完全不通航。那个月的消耗也非常大。还有好几天马匹的草料快吃光了，有几车谷物被拨给了马厩。那月的总净余额是八百九十九石。”太仓令一言不发，转向拿着账簿的随行人员。他探询地看着随从，随从则从口袋里拿出一卷竹简。显然，太仓令是想把大洪的账目与其他账目交叉核对——卫兵也有自己的账目，太仓令用的可能就是他们的记录。

当竹简在地板上展开时，太仓令依旧沉默不语。大洪走向粮仓中间的谷堆，继续说道：“四月运河交通恢复正常以后，粮仓又新进了一批谷物。这批粮食中有的品质相当不错。”

太仓令询问这批粮食从何而来，大洪查看记录时停顿了一下，然后回道：“大部分来自都城附近的五陵原。”他弯下腰，双手合拢，掬起一捧谷物倒进太仓令手中。太仓令从中挑选了几粒，用手指将其使劲碾碎，然后闻了闻碾碎的谷粒。这人露出一个微笑，评价道：“五陵原土地肥沃，只要气候适宜，总能产出优质的粮食。”看到太仓令严峻的面容上终于露出笑意，哪怕只有一小会儿，也让大洪大大舒了口气。

大洪并不反对太仓令一丝不苟地全面检查——实际上，他完全赞成这种做法。大洪对待自己的工作严肃认真，他希望别人工作时也能细致入微。鉴于京师仓地处关中这一战略要地，对它的管理和防御必须极为严格。

这些粮仓对国家至关重要，也正因如此，农民起义军与国家正规军为了争夺这里贮存的大批谷物而争斗不休。在任何一场战争中，这些粮仓都是不可抗拒的战略目标，因为军队一旦控制了粮仓，就能占据压倒性优势。粮食可以养活士兵，也可以换得那些良田被毁的城池的效忠投靠，还能赢得那些希望养活自己军队和百姓的盟友，同时让敌人处于饥饿之中。

正如名臣郦食其（？—前 203 年）所言："王者以民为天，而民以食为天。"[1] 当时，郦食其正在劝说大汉的开国之君刘邦夺回敖仓的控制权。之后，刘邦君临天下，这也促使后来的大汉朝廷为修建国家粮仓付出了巨大的努力，这些大型仓库则被置于精心设计的防御工事之后。

京师仓就是一个很好的例子。它坐落于黄河与渭河的交汇处，另一侧则被险峻的悬崖所隔绝。粮食通过近年来已显著改善的运河水系源源不绝地输入粮仓。仅仅是漕渠的开凿就大大提升了大汉帝国的粮食运输能力，从几代人之前的几十万石，增长到元封年间（公元前 110—前 105 年）的约六百万石。

京师仓由大汉朝廷设立的专门机构船司空衙门[2] 进行管理。尽管这只是一个县级部门，却监管着当地的造船、粮仓和漕运。毫不意外，粮仓守备精良，如果有机会的话，

1 出自《汉书 · 郦陆朱刘叔孙传》。

2 新朝时称船利县。——编者注

大洪倒是想和太仓令探讨一下这个问题。

百姓的居所总是不可避免地在粮仓周围聚集，大洪则坚定认为，粮仓应该与军营和平民定居点严格分离。现如今，百姓的生活区距离大洪视如珍宝的粮仓太近了，他们难免会污染水源，留下食物残渣，引来食腐的禽兽袭击仓房。他已经多次向上级报告这一问题，但仍没有任何改观。大洪悲观地认为，除非有什么事故发生，否则官府不会重视这一问题，但真到那时任何弥补都为时已晚。

近来，大洪越来越担心粮仓失火。他所看管的这两座粮库常常处于军营炊事区的下风处。但凡那些明火中有一丁点余烬随风飘到干燥易燃的谷堆上，随之而来的熊熊大火就有可能吞没整座粮仓之城。大洪施展灵活身段，建议太仓令去参观离库区不远的人工池塘，那里的池水就是为了应对紧急火情而储备的。太仓令真该亲自去看看，一旦发生凶猛火情，那个池塘里的水哪里够用。

那位交叉核对两份记录的随从已经计算完毕，正把地上的竹简卷起来。大洪从前几次检查中得知，这位随从实际上是一位娴熟的审计员，就算大洪只是口头汇报，他可能也会在心中默算结果。在大洪报告四月粮仓净增一千八百五十一石之后，审计员拿出一块竹简，潦草地记下这个数字。看到这一举动，大洪不禁如释重负——如果审计员现在正在记录新的账目，就意味着大洪差不多已经通过了审计。然而，在他的每份账簿都与剩下的粮食库存核对无误之前，他还没法完全放松下来。

太仓令迅速检查了一下粮仓右侧角落的粮食储量，似乎颇为满意。显然，谷物存量与大洪的账簿相吻合，与卫兵记录的交叉核对也没有发现差异，接下来的工作就是在检查结束之前，在最终文件上签字盖章。

等会计书写完毕之后，他们走出仓门。然而，太仓令又有一个意外的发现。在粮仓大门的后面，放着一个青铜量器。在确认这件量器安放的位置没有问题后，太仓令回头与会计交谈起来。

大洪惶恐不安地看着会计走向他们来时放在院中的一个袋子，只见那人像变魔术一般，从袋子里拿出了一个几乎一模一样的量器。大洪突然意识到，太仓令这是要检查粮仓中的量器是否被人动过手脚。一些心怀鬼胎的仓曹属员暗中缩小了标准量器的尺寸，从而在向士兵、低阶官员和他们认为无法抱怨的其他人分发口粮时以少充多。所幸大洪连想都没想过这种事，更不用说真的这么干了。

会计拿着一只明晃晃的青铜量器，大洪猜想其标准容量是一斗。他把里面的谷物倒进大洪的量器之中，在场的每个人都兴致盎然地看着其中是否会有谷物剩下。

如果大洪的量器装满后，标准量器中还有剩余，那么大洪的量器容量就小于官方标准。即使知道自己是清白廉正的，大洪也感到惴惴不安，直到看到自己的量器容量与会计使用的量器容量完全吻合才松了口气。

带有龙首手柄的青铜量杯

太仓令和随从终于走出了粮仓，大洪仍随侍左右。库存检查完毕之后，粮仓就可以封起来了，大洪在太仓令警惕的注视下把仓门锁好。他拿来一小块灰色的黏土，把它粘在两扇门之间的狭小缝隙上，然后把封泥的两端压在一起，用自己的印章在封泥上盖上印记。然后，会计又在封泥上加盖了太仓令的印章，如此一来，仓啬夫和太仓令两人的头衔都清晰地显示在了封泥上。

这是国家广泛应用的一种安全防范措施。封泥晾干之后，没人能在不破坏仓印的情况下打开大门，而一旦封泥被人替换，大洪也能立刻察觉。粮仓主门旁边还有两扇单扇小门，供大洪自己使用，以便他在需要时能迅速进入粮仓处理杂务。此刻，大洪把另一块封泥也粘在了左侧单扇门与墙壁之间的空隙上。

粮仓正门外的过道上还有一块圆形石头。把它放在仓库门口，是为了方便人们在入仓之前蹭掉鞋子上的泥垢。大洪经常清理这块石头，但今天早上，他忙着处理昨天运来的粮食，实在分身乏术，以至现在石子之间的空隙中积满了污垢。万幸的是，太仓令和随从已经走开了，大洪这个小小的疏忽侥幸没被发现。

但他还是抓起一把扫帚，开始迅速清扫泥渍。一名士兵从一号仓的一侧向他跑来。早些时候，这人从军营的炊事房前来领取粮食，大洪让他在外面等候。士兵一定明白，由于太仓令意外来访，他不得不等在外面，不过现在他得提醒大洪办理自己的差事了。大洪放下扫帚，走向士兵，拿出二号仓的钥匙。在结束今天的工作之前，他还有许多事需要处理。

白天的第九个小时

（14：00—15：00　后未时）

驿骑赶往都城

今天是小郑回来当差的第一天，这一天可真够不容易的。骑了好几个时辰的马，大腿上的疼痛提醒他伤口尚未完全愈合。他担心自己可能复工太早了。休养期间，小郑尽力帮助家里研磨谷物、修修补补。小郑是一名驿骑，他家的一顷耕地因此被官府免除了税赋。这为他家节省了一笔开销，有助于贴补日常开支，但小郑不当差就没有薪俸可拿。因此，他每天都试着行走，急切地渴望赶紧复工挣取薪水，并且省得被关在封闭的农舍里整天和他的一大家子待在一起（尽管他自己不打算承认这一点）。

今天小郑大部分时间都骑在马背上，因为路程太远，他的腿也还太虚弱，因此无法跑步送信。小郑和人赛跑获胜时，人们戏称他为“快马”，他也的确名副其实；而且小郑非常清楚，自己比快马还要出色——实际上，人类的中长途奔跑速度确实比马更快，尤其是在崎岖不平的山路上。

上次送信时，正是马匹让小郑感到失望。他那次投递的信件非常重要——一座排水坝在大暴雨中坍塌了，如果想要防止洪水泛滥，就需要立刻通报地方官府。然而，在暴雨和泥地里艰难跋涉了五十里之后，小郑的坐骑已经筋疲力尽，最后，性急的驿骑决定抛下这匹马，自己徒步走完这段旅程。

尽管暴雨倾盆，能见度很低，但这些对小郑而言都不是问题，他已经在当地做了三年的驿骑，脑子里就像印着一张鲜活的乡村地图。他对霸陵县山谷间的通道、小溪旁的浅滩、浓密树林中的捷径和其他地形细节都了然于胸。然而备感羞辱的是，他在雨中横渡小溪时不慎踩到一块光滑的鹅卵石，摔断了腿。

今天早上，小郑把自己的马拴起来，又去那个雨夜中自己摔倒的地方探查了一番。从某种程度上说，他觉得自己已经够幸运了，因为正当他用双臂支撑着在泥泞中往前爬时，一名士兵恰巧从路上看到了他。那人把他安全地带到一辆从当地驿站找来的车上，这家驿站还接管了小郑需要紧急传递的信件（好在此地离京师很近，沿途经常会有驿站）。

小郑距离此次的目的地——首都常安城仍有好几个时辰的路程，他今天又有一封信件要送往少府。这封信件是他今早到驿站时看到的第一封信。喂饱马匹后，他骑马到达驿站，并在那里受到了置啬夫的热情欢迎。进入官署时，出于职业习惯，他立刻看向房间左手边的一张矮几，需要传递的文书通常都摆放在那里。

小郑从小就跑得很快，他认为自己命中注定就是做驿骑的料，所以在其他方面家人便对他疏于教导。由于这个原因，小郑几乎目不识丁，但他能够认出竹简最顶端写着的两个字——“保灾”（意为预防灾难）。竹简上的封泥更透露出这是一封重要文书。小郑正努力辨识印章上的其他字迹，都没有注意到置啬夫也跟着他走进了房间。“小郑，咱们县东边发生了大面积的冰雹灾害，需要赶紧通知当地农民提早预防这种异常天气。”

这将又是一次进京之旅，尽管小郑的马今天下坡时走得很平稳，从正午的阳光来看天气也很不错，但小郑依旧很谨慎。在他身为驿骑的职业生涯中，唯一一次受到官方处罚就

龟纽银印。印章铭文显示这曾是一位汉代将军的印章

是向常安城送信而导致的。他去向少府呈送户口簿，路遇一条小溪，溪水很浅，水流却很急，他那匹性格乖戾的官马无论如何不肯涉水前进。最后，小郑不得不徒步完成这趟行程，但即便他跑得再快，也终究无法按时送达。

惩罚是用竹杖杖责五十下，由置啬夫执行。这一惩罚算不上有多严厉，尤其是行刑之人还对他的处境表示同情，但其中的羞辱仍让小郑感到痛苦不堪。不过，祸兮，福之所倚——他现在的坐骑就是那次事故之后新得的。

小郑的失职或多或少也对县令造成了不好的影响——他一定已经从置啬夫那里听说了这一事件，因此最近愈发执着于速度和效率。可问题在于，官府提供的这些驿马既缺乏速度，也没什么效率。当然，军队有权优先挑选官马，给驿站剩下的那些马匹要么老迈无用，要么就是从当地农民手中征用或收购而来的从前拉车的役马（拉车的马匹本身并没有什么问题——高阶官员或他们的贵族朋友也经常使用驿马，并发现这些受过训练的坐骑很适合拉车；但对于快速投递信件而言，这些马匹无甚益处）。

相反，县令在置啬夫的游说下，开始尝试为驿骑租赁私人马匹。这也省去了使用官马所需的一整套烦琐手续。想要使用驿站中蓄养的官马，就必须向驿站提交官方出具的荐函，使用者的身份、目的、发函部门和其他信息都必须事无巨细地在分类账簿中记录下来。此外，那些使用驿马的人往往身居高位，而达官贵人通常认为自己的需求比区区驿骑的需求重要得多，因此信件文书往往得等驿马返回后才能送出。

现在，经过选拔的驿骑可以使用租来的马匹，而小郑正是这一新政的首批受益人之一。显然，无论是谁为负伤休息的小郑代班，都对他使命必达的敬业精神十分推崇。因此，只待小郑腿伤痊愈，置啬夫就把这匹马奖励给他个人使用。

这匹马在驿站外跑得很好，尽管近日下过雨后地面湿漉漉的，但到目前为止，它从没让小郑失望过。最近，人们扩建了那条贯穿田野的南北向大道，用碎瓦片、鹅卵石和黄色的夯土块修补坑洼的路面，雨水被排到道路两侧的沟渠里。骑在自己的新坐骑上，小郑穿过这段路程的速度比往常快得多，唯独被当地一个小镇周围异常繁忙的路段耽误了一会儿。路上，工人们正推着沉重破旧、满载货物的车子赶往集市，小郑不得不让马匹费劲地穿行而过。

此外，这里也汇聚了大批移民，不断变化的经济政策让大部分人口都处于流动状态。这些闭路塞途的人当中，有一部分是受到繁荣城镇吸引的经济移民，另一部分则是遭受自然灾害而背井离乡的难民。为了控制后者，长久以来国家建立了一项基本福利制度，向受灾的流民分发赈灾粮食。但与其说这是出于仁爱无私，倒不如说国家要极力避免让大批饥饿绝望的难民四处游荡，扰乱其他地区的和谐安宁。

更多府衙参与到福利制度中来，当然也就催生了更多的文书信件，需要更多的驿骑往来投送。此前，大汉帝国从动荡的一百多年中吸取了教训，中央朝廷必须迅速掌握边远地区的灾害和内乱，并需要建立一种体系，能够尽快向受灾地区发布命令。现如今，为满足府衙之间日益紧密的联系，邮驿体系不断完善，法令和政令可以迅速传往遥远的前哨，而边塞也可以将有关灾害、内乱和收成好坏的信息报送朝廷。

因此，驿站在全国各地如雨后春笋般涌现，它们在京师附近最为密集，在其他地区也迅速广泛地铺设开来，现在，无论多么偏远的地区都设有驿站。有时，在更为偏僻的地方，十几户人家会结成一个邮，共同负责传输官府文书和紧急信件。有时邮驿任务会在几家之间轮换，每家一次派一人负责传递信件。时间一长，能力更出众、更受信赖的人（小郑把自己也算在其中）就成了这一地区专职或兼职的驿骑。尽管受伤的驿骑可以在自家田里务农，就像小郑这几个月所做的那样，但通常情况下，专职的驿骑不应当参与其他事务，而耽误自己的本职工作。

多层级的邮驿系统

大汉帝国每10里至30里就设立一邮。邮的主要职能是投递信件、向上级官员报告地方事务、宣布公告并招待过往官员。

每隔10里左右设立一置，有时也会以置代邮。一些学者认为驿在功能上与邮和置相似；另一些学者则认为驿并不是指驿站，而是指传递信息的手段，例如由骑马的信使往来传送。

亭的密度则要大得多，尤其是在乡村地区。数据显示，汉平帝统治时期（公元前 1 年—公元 6 年）大约建立了 3 万座亭。亭具有多种功能，可以传递公文和信息，有时也为过往行人和官员提供简单的住宿和膳食。

当小郑挣扎着穿过赶集的人群之后，他感到时间紧迫，所以想试试马儿是否可以加快速度。一人一马穿过地势微微起伏的高原，沿着曲折的道路穿过群山，小郑轻轻催促马儿再跑快些。

这条道路是连接小郑所在的地区和县城其他地区的重要通道，官府为了维护这条道路投入了大量的人力物力。作为一名驿骑，小郑对当地路况有着敏锐的观察力，尽管他偶尔也会对那些修建和维护道路的人所做的决定感到迷惑不解。例如，大约半个时辰之前，在拐过一个急转弯之后，小郑发现第二层峭壁上的道路现在被莫名其妙地拓宽到了十余 丈。人们在道路两侧陡峭的斜坡上加了多层夯土以防止坍塌，但最近的暴雨仍在坡壁上冲刷出几条小沟，排水沟里一半都是冲刷下来的泥土和沙砾。

小郑很不赞同做这种无用功，与其花费巨资扩建这个路段，不如把距离更远、路况更差的路段好好修缮一下。那段路不仅侵蚀严重，而且有个地点还发生过轻微的山体滑坡，道路对面的一侧小山发生了坍塌，把排水沟完全掩埋起来。这看起来几乎是蓄意破坏，而下一个拐弯处的景象让小郑更加确信这一点。在这里，一半的道路都被滑坡所摧毁，扰乱的土地和泥泞中偶然发现的青铜箭头显露出最近这里曾有战斗发生。

是军事冲突还是土匪打劫？小郑有时庆幸自己不太识字，要不然他会忍不住偷看自己携带的信件，好知道周遭到底发生了什么。但无论如何，有一件事可以确定——他应该尽快离开那里。小郑今天头一次踢了踢胯下的马匹，让它狂奔起来。

此刻，从山路走下来后，四下一片寂静，小郑一时间还无法把那些箭头抛诸脑后，但一只雉鸡正在茂密的灌木丛中拍打翅膀，打断了他孤单旅途的宁静。路旁种着一棵矮小的李子树，午后的雨滴坠落到枝头圆润的果实上。小郑借助骑在马背上的高度摘了一颗李子，咬了一口甜蜜多汁的果肉。他感到通过山路时的紧张心情正在缓解，但仍打定主意，到达常安后要把自己的途中见闻都上报官府。

“如果事情进展过于顺利，就一定会出现问题。”小郑还记得自己叔叔的这句话。当他又往山下走了一段路程之后，看到几百米外的道路被一辆停下的马车完全堵住了。他那位迷信且悲观的叔叔也是小郑急于回来当差的由头之一。尽管置啬夫向小郑保证，其他驿站已经接管了他的信件（并把这一信息告知了路过的士兵，如果他们顺路，便要求他们帮忙传送消息），但小郑可不想待在家里，继续听叔叔的唠叨：如果当初小郑没在倒霉的辛壬日出行的话，腿就不会受伤。

小郑不免烦躁，表示自己根本无法选择出行的时间和地点。但叔叔反驳道，小郑在出发前起码应该查查星图，看看守护星太岁落在星宫的哪个方位。这样一来，叔叔就会知道，在这趟穿乡越野的倒霉旅途中，小郑究竟应该避开哪些方向。长期在叔叔的迷信思想中耳濡目染，小郑也变得神神道道，现在回想起来，那天早上他上马时，确实喃喃自语了一句祈求平安好运的咒语。然而前方仍旧有马车挡住了去路，说明咒语似乎并不是特别有效。

小郑下马与车夫及其同伴打招呼。对方正忙着检查车辆，没有注意到小郑靠近。“你是要到常安城去吗？”车夫问道，“离这里还有多远？”他的口音听起来很陌生。

这里有一条沿着山的东南侧延伸的道路，小郑猜想这辆车就是顺着那条路来的。他快速瞥了一眼马车，只见里面装满盖着竹盖子的篮子。小郑不由得非常好奇，询问对方马车上装着什么。

作为回答，其中一人掀起一只篮子的盖子，露出许多枇杷，一些枇杷的柄上仍带着锯齿状边缘的叶子。其他篮子里则装满了樱桃。车夫焦急地告诉小郑，日落之前这车货物必须运进常安城，因为这些水果都是为仪式活动准备的。实际上，这辆马车已经迟到很久了，因为之前道路颠簸，一些篮子被打翻在地，有的水果也因此被摔坏了。车夫和同伴不得不在当地驿站停下来，重新筹备货品；为了节省时间，抄了这条近路，却被困在这里。

“我们赶了两天的路，到今天下午已经迟到了！”其中一人几乎绝望地说道，“我觉得你们的驿站也不怎么样。我们停下来过夜的那家驿站破旧不堪，看上去都快没人管了。那儿什么吃的都没有，从昨天起，我俩除了喝水啥都没吃。”

你们还有樱桃呢，小郑暗自嘲讽。他帮对方把马车拖到一边，好牵着自己的马从旁边的空隙挤过去。不过在他离开前，他指向常安城的方向，可以看到那里有一座塔楼直冲天际。“比你想的更近，”他告诉车夫，“这时候可别气馁。”

他重新爬上马背，飞驰而去。片刻之后，他告诉自己，章城门门楼的轮廓的确越来越近。他几乎都能分辨出塔顶上的瓦片了。显然，他今天一定能在日落之前把信件送达少府。

但小郑仍然感到焦虑。虽然他刚刚向车夫保证过常安城距此不远，但他知道，站在远处眺望可能会产生误判。人们总是乐观地以为自己的目的地比实际上更近。现在，即便他已经通过了那条山路，但在到达常安城之前，仍要经过几个村庄，谁知道还会碰到什么障碍呢。常安城，就和那些城中的居民、城墙和建筑物一样，看起来总是那么那么遥不可及。

白天的第十个小时

（15：00—16：00　前申时）

农夫小憩

时代在变，大徐却能一直紧随时代的步伐。这个坏脾气的老家伙处事极为灵活，经常让朋友和邻居感到惊讶。大徐现在的耕地就是很好的证明。

大徐家以前的农田位于河南安阳，全家在那里生活得很好。大徐却背井离乡，把家迁到了位于黄河岸边、土地更为肥沃富饶的内黄县。这片土地的确更为丰饶，因为多年以来这里一直处于休耕期。官府把这里当作一个泛滥平原，用以疏解黄河的季节性上涨，保护下游的村庄。

大徐注意到，这片区域以前严格禁止农民耕种，但现在官府已经放松了对迁居至此的农民的处罚。“他们需要我们耕种土地。”他向父亲争辩道，“跟我小时候比，看看现在的村子已经扩大了多少。现在房子更多了，人口也更多了，其他各地也都一样。官府需要我们养活多出来的这些人口，但要养活这些人我们就需要土地。土地就是咱们的命根子，河边有大片肥沃的良田等着咱们。咱们千万不要错过时机！”

大徐觉得自己胆大无畏，颇有远见——其他人则认为他鲁莽妄为，投机取巧——但即便如此，当大徐拖家带口抵达内黄县时，也差点晚了一步。其他更有魄力的人已经搬进了这片肥沃的流域，泛滥平原上仅剩的一块可以耕种的土地位于这个新村庄的最远端。

大徐每天都向朋友、家人和邻居抱怨自己得走很远的路才能到达他那块新田，但私下里，他对这次豪赌所得的回报颇为自得。这片土地确实肥沃，其农作物产量几乎是他们过去在安阳收获的两倍。每年冬天，他和家人会种植冬小麦，在第一次收获之后，再马上播种夏播作物的种子。去年他们种了大豆，其产量之大令人极为满意，所以今年他们打算接着种植大豆。

如果今年收成也很好，他就打算给自己买两头牛。为了今天的农活，他不得不租了两头耕地的牲口，但结果实在不尽如人意。他看着犁铧头下形成的犁沟自言自语，这实在太浅了！这也不足为奇，他只从邻居那里讨要来一头母牛和一匹马，而它们犁地时又完全搭配不到一起。村里的牲畜十分稀缺，因为其他村民也要耕地。更糟糕的是，大徐的家人还坚持让他遵守传统的耕种禁忌。就像他母亲曾经警告过的那样：戌日不宜耕种小麦，申卯日不宜耕种大豆。

“更别提我们家那愚蠢的禁忌还不允许租用像样的牲口了。”大徐恼怒地自言自语，“如果昨天能租两头耕牛的话，我现在就能用它们犁地了，但偏就不行，谁让昨天是申卯日呢。所以今天下午我得靠这两头牲口犁完整整两顷地——我租到它们的时候，它们已经累坏了。”

大徐想过鞭打牲畜，好让它们走得更快一点，却没有付诸行动，因为从内心深处而言，他是个和善之人。他也知道，自己多多少少会心怀愧疚，因为时间紧迫，如果今天下午他干不完这些话，就意味着他的媳妇和女儿将不得不出来帮他一起完成。而媳妇已经有太多家务需要做了，她得照看他们刚刚出生的小儿子，到集市上采购物品，并照料他们新买的几头猪，它们最近不知为何总是不愿进食。

大徐满怀渴望地想起曾在村里售卖的那种重型钢犁铧。现在这种钢犁铧已经越来越普遍，当地村民都在谈论这种新型犁铧为农业生产带来的改变。这些犁铧不仅可以碎开冲击层的厚重泥土，而且能快捷地在地面上留下一道深深的犁沟。用不着种植大豆来改良土壤——有了这样的犁，大徐就能把岸边现在一些无法耕种的土地也开垦了，说不定能在那里种一些夏播谷物。

大徐很久以前就能买到那种犁铧，不过那种犁铧需要两头匹配的耕牛一起拉着才能使用，而他现在还负担不起购买牲畜的费用。相反，他现在只能在一头母牛和一匹马的尾巴后面蹒跚前进，就跟他祖父那个年代一些饥饿的贫农一样。那个年月人们很难找到马，牛更是难能可贵，人们有什么牲口，就只能用什么牲口犁地。

到达一条犁沟的尽头时，大徐擦了擦脸上的汗水，此时他已经完成了下午的大部分工作，是时候让牲口好好休息一会儿了。他靠在一条土堤上，盯着河岸附近未开垦的土地陷入沉思。岸边的确可能遭受水害——但实际上，如果黄河泛滥严重，他所有的耕地和村里其他人的耕地都会被洪水淹没。

人们一直讨论修建新的堤坝与沟渠，以防范水患，大徐却认为，尽管这个主意确实不错，但一时半会儿很难实现。如此巨大的工程需要大量投入社区资源（没有人天真到以为当地官府会予以帮助），大部分村民却自满地认为，到目前为止，黄河河水还从没有漫过那条沿着河岸匆忙修建的河堤，想必今后也大可不必担心。

因此，黄河浑浊的河水继续沿着现有的河道向岸边送来阵阵波涛。蜉蝣聚集在芦苇丛上方，一旦夜晚降临，它们短暂的生命就要宣告终结。大徐凝视着河流，盼望马上划着自己的船去河上垂钓。只要一有空闲，他就喜欢和其他村民们在河边一起钓鱼、打猎，或是采集野外的浆果和其他可以食用的植物。

外出活动的确为他们的村庄提供了额外的食物。此外，这些采集到的食材经过风干和腌制，可以成为他们粮食歉收时的必要储备。此外，大徐参加这些外出活动还有另外一个原因。他可以借助这些活动巩固和扩大自己的社交圈，更好地了解这段河道上下游邻近区域其他村落的处境。

此刻，大徐把他那两头并不匹配的牲口牵到河边，把麻绳系在附近一棵灌木上，确保绳子长度可及的范围内有足够多的新鲜青草。一旦牲口在休息时排便，大徐就会把这些粪肥施到自己田里，家里那些猪的粪便他就是这样处理的。他咂了咂嘴，希望媳妇已经让那几头猪吃下东西了。他们希望等儿子周岁生日时猪能肥肥壮壮，但就和这些天来其他很多事一样，他们还在慢慢摸索学习如何养猪。

同样，全年耕作的想法也是一个新点子。富有创新性的代田法技术将田亩分为田垄和犁沟，这样一来，在犁沟中生长的幼苗就能避免受风，同时又能获得灌溉。农夫每年都将沟垄交替，这样一来，不仅能从土壤中获取更多作物，一年到头还能多收获一次。自然，官府一直鼓励农民采用这种新技术，甚至还把农学家，比如著名的赵过派到乡间，让他亲自指导农民耕作。

官府在提出这些创新时，要是也能考虑到农民的利益就好了，大徐经常向朋友们抱怨。然而，农业技术的突破不仅没有提升农民的福祉，反而让小农陷入了愈加深重的剥削旋涡。他们种植的作物越多，官府收的税也就越重，到头来，辛苦劳作一整年之后，他们剩下的粮食和过去一年只收获一次时相差无几。

大徐恼怒地拿起一把耙子，开始破开田垄上的土块。他撒火似的使着蛮力，不一会儿就感到累了。今天他干的活和出的汗都已经够多了，因此，当他看到自己的家人小心翼翼地穿过新犁的犁沟走过来时，不禁感到一种解脱。媳妇把襁褓中的儿子背在背上，肩上扛着一把锄头，锄头一端悬着一只篮子，另一端则吊着一个罐子，绳子系在罐子的细处。闺女提着另一只罐子，一家人在斜长的树荫底下坐下来，开始享用一顿野餐。这些树就是他家田地的边界。

闺女给父亲带来了粥和蔬菜，她的母亲则从篮子里拿出了腌鱼和饼子。在闺女忙活时，大徐的媳妇讲起了她在村里看到的奇怪一幕。在村里那个当地百姓晾晒庄稼的大空场上，有一名官员坐在席子上。他看起来相当可笑，她边说边咯咯笑，那人喝着好茶，漂亮衣服上不一会儿就落满了麦糠。

大徐可没觉得这有什么好笑的。只有税吏才会经常来访，他们最近才开始对这片田地征税。另一个解释立刻浮现在他充满疑虑的脑海中——那人是个计吏。现在看来，泛滥平原上的农民终于富裕到足够引起当地官府注意的程度了，他们已经派人来厘定谁在耕种何种土地，以及每个农民的耕地面积。

说计吏不受欢迎未免太过轻描淡写，事实表明，有时愤怒的农民在土地核查过后甚至会发动暴乱。腐败的计吏会严重夸大农民所持耕地的面积，好从农民身上榨取尽可能多的税收，即便是审慎正直的计吏也会将丈量的每一寸土地都按最大值计算。或许是为了平息民众的骚乱，当地官府最近刚刚处决了一位过于狂热的计吏，他的丈量结果和实际情况简直相去千里。

大徐望向自己的耕地，此刻闺女玩耍的那片土地还没有犁过。然而，实际上他看的是自己额外三十分之一的收成正在被官府贪得无厌地吞噬殆尽。如果其他税收能够减少或是保持不变，那么这一额外的税赋或许还算可以接受，但大徐没有天真到相信这种事真会发生。“我们自己得承担所有风险，”他恼怒地自言自语，“我和其他农民一起修造堤坝，用我们自己的劳动增建基础设施，可一旦河水泛滥或庄稼歉收，我们还得冒着饿死的风险。然而一旦自由兴旺起来，这些就又会被夺走。我们的孩子还有什么未来呢？”

媳妇的厉声喝止提醒他，闺女正在玩母牛的尾巴，而那头牲口已经生气了。这提醒了大徐，在天黑之前还有很多事等着他做。他决定今天把地犁完，明天再播种大豆。大徐疲惫地舒展了一下身体，走过去再次把两头牲口拴在犁上。媳妇则沿着堤坝追赶咯咯笑的闺女，跑远了。

黄河故道下埋藏的村庄

三杨庄遗址位于今河南省内黄县废弃的黄河泛滥平原上。公元14年之前，这里有几片农田，但在此之后，黄河冲破河道，使这一地区被洪水淹没了许多年。

近期对该遗址的考古发掘揭示出西汉晚期农业村庄的样貌。清理出的农舍有平铺的屋顶、食品加工设施，可能还有一座织房和一片桑林。

白天的第十一个小时

（16：00—17：00　后申时）

刑徒抵达终点

此刻，刑徒已经停止了一天的行进。陶生的铁链却似乎更加沉重了。每当刑徒的队列向前缓慢挪动，他脚上的水泡和伤口就传来阵阵刺痛。很快，陶生被带到一位衣冠楚楚的官员面前。“报上你的名字、年龄、身高、所犯罪行、判决结果、籍贯，以及来自哪所监狱。”那人说道，甚至都没抬头瞧他一眼。

“陶生，二十四岁，身高七尺，坐重伤罪，判处五年劳役，籍贯平舆县，来自汝汾郡狱。”他冷漠地回答。登记官迅速写下这些信息，最后终于抬起头，仔细打量陶生的铁链和衣服，却什么也没说。陶生让到一边，好让他登记下一个人。

除了陶生之外，还有数千名犯罪的劳役正在迁徙，其中有些人是自愿的，但大多数是被迫背井离乡，远离故土，徙往他处。行进路上的条件极为残酷，悲剧频频发生。这些刑徒的生命和记忆就像他们脚下的足迹那样，很快就要在这条布满尘土的道路上烟消云散。

过去七天以来，陶生也是那支戴着手铐脚镣、深受苦难的队伍中的一员，把他与其他囚徒联结起来的不仅仅是锁链，还有一种同仇敌忾的愤懑。不止他一个人怀疑，他们之所以被宣判有罪，其实并不在于他们所犯的罪行，而在于国家需要众多的流动劳动力任其奴役。

就像其他许多处于社会底层的人一样，陶生从来没有幻想过会被公平对待。他出身于贫寒的农户，父母终其一生都只是佃农。像大多数佃农一样，陶生的父母非常穷困，就算攒了些许微薄之资，也会立刻消耗在养活陶生和他的几个兄弟上。陶生是他们最小的一个孩子，一直和年迈的父母住在一起，直到他们先后去世。

父母的过世终究会改变陶生的生活，但母亲离世后，这种改变以最糟糕的方式发生了。随着父亲的去世，陶生家愈发贫困，所以母亲的葬礼一切从简，但即便如此，陶生兄弟几个也负担不起葬仪的费用。因此，当村里一些泼皮无赖嘲笑他家葬礼寒酸简陋时，陶生不禁怒火中烧，挥拳把那人狠揍了一顿。从小就干苦力的陶生异常强壮，再加上熊熊怒火，结果用力极猛，竟把那人打得头骨破裂。

当地官府对村里的贫困甚至饥饿都可以视而不见，对任何违法乱纪的事却能迅速严厉地予以惩处。陶生立刻就被押往县衙内的牢房，在那里被关了大约一个月后，县令才对他的罪行进行判决。

恶劣的生存环境对陶生而言并不稀奇，他那间破旧的茅草屋经常被村民取笑，但与牢房那令人毛骨悚然的糟糕环境相比，陶生的破屋已经算得上名副其实的天堂了。除了陶生以外，还有十个人跟他一起挤在这个狭窄的牢房里，不仅白天活动范围很小，到了晚上也几乎没地儿可睡。为了表明他们对囚犯处境的漠不关心，官府不仅没有试图改善监狱条件，而且又往里面塞进来两名犯人，让陶生最后两天的囚禁生活更加痛苦。

陶生非常困惑，为何自己的案子要等整整一个月才开庭审判，毕竟案情一目了然，没人会对此有什么异议。他确实想过，负责审理这起案件的官员故意拖延候审期限，以期陶生的哥哥们，也是他现在仅有的家人，有时间筹措钱款，贿赂官府予以轻判。如果真是这样，恐怕这个官员就要失望了，因为他家已然把最后一枚铜币都花在了母亲的葬礼上。好在从另一方面而言，受害者的家人也同样影响不了陶生的判决——他们村的人都太穷了，谁都没有能力打点官府。

或许是负责审理的官员因为没有收到贿赂而心怀怨恨，或许因为县令向朝廷提供的劳役必须达到某一数额，总之，无论出于何种原因，那天的判决都惊人地严苛：陶生被判处五年徒刑和劳役，服刑期间头发剃秃、双脚戴镣。

陶生这一判决属于城旦舂——这是除死刑以外男女囚犯会被判处的最严重的刑罚。城旦的意思是“治城”，而舂的意思是“治米”。一开始，城旦舂是实实在在的无期徒刑，但最近这种刑罚已被缩短为六年、五年或四年的有期劳役。让陶生剃成光头的命令则是一种较轻的额外惩罚，官府还有一些替代处罚，如砍掉脚趾、面部刺青或遭受鞭打。

当天，与陶生一同关押的两名轻罪犯被判以鬼薪，每人服刑三年。这些罪犯将会在寺院里度过刑期，做诸如伐木之类的工作。一名女囚被判以白粲，与鬼薪量刑相同，不过其承担的劳动更适合女性囚犯，如采摘稻穗和其他卑贱的劳作。

这些囚犯对判决的不公义愤填膺，一边号啕痛哭，一边捶胸顿足。陶生却异常坚韧，保持平静，告诉自己这没什么可哭的。自从双亲过世之后，他们的土地便被地主交给了其他佃农，所以即便他恢复自由之身，他也一无所有。作为一个囚犯，他最起码还能有个容身之处，有口粮食可吃。

然而，当陶生和其他囚犯会被送到常安某个国家工程中服刑的消息传来时，他看到狱卒默默地哭泣起来，这不禁让他备感不安。那位狱卒是个善良的老人，尽可能地照顾他所管的犯人。他尽力清洁牢房，确保每个人都有足够的水喝。尽管他对粗劣的伙食无能为力，但他至少把陶生哥哥送来的饭食带给了他。其他很多狱卒会直接没收这些食物，或将其卖出牟取私利。尽管有了哥哥的帮助，陶生却依然营养不良，和其他罪犯一样，他甚至在出发前就已经病弱不堪。

刑徒

根据服刑时间不同，刑徒受到的刑罚主要分为五种类型，即城旦舂、鬼薪白粲、隶臣妾、司寇和罚作。

与前两类相比，被判隶臣妾者享有更多自由。男性刑徒被称为隶臣，女性刑徒则称为隶臣妾。本质上，他们要在官府衙门内服刑，从事众多卑贱枯燥的工作。一些隶臣甚至负责为官府传递文书，这意味着他们可以自由行动。西汉中期刑法改革之后，隶臣和隶臣妾便不再属于刑徒之列。

司寇最初是朝廷官员的官名。秦汉时期，司寇成为一种刑罚，并且是这一时期量刑最轻的刑罚。司寇甚至能够参与监狱的管理工作。例如，据一些记载秦代律法文书的竹简所示，司寇可以对城旦舂的劳作进行监督。每二十个城旦舂就有一个司寇负责监管。一些司寇甚至拥有自己的土地，尽管他们的土地所有权只相当于庶民的一半。

罚作也是一种轻刑，一些学者认为罚作和复作一样，都是针对女性罪犯的刑罚。罚作的量刑一般是一年或几个月的轻度体力劳动，或许相当于现代的社区服务。

后来，皇帝计划大赦天下的传言在牢房内不胫而走，这位老狱卒也和其他囚犯一样感到十分高兴。即便是不在赦免之列的囚徒也可以卸下铁镣，劳作时不必再穿着卑下的囚服。实际上，这位狱卒似乎比陶生更激动，而陶生对此只是漠不关心地耸了耸肩，无论何种命运等待着他，他都显得无动于衷。

然而，事实证明这个消息只是谣言，但朝廷确实对他们这些刑徒另有安排。他们将被派去修建运河、皇陵和其他国家基建工程。而陶生和其行几人将被发往常安，与众多刑徒一起修造新帝王莽颇感兴趣并急于完工的宗庙。

通告发布之后，陶生发现了那名老狱卒悲痛的原因。在这位老人漫长的职业生涯中，见过太多发往工地的刑徒，他知道这些人中只有很少一部分能活着回来，即使回来了，也会遭受莫大的身心折磨。

临行前，刑徒的家人和亲属前来向他们道别，正如很多人担心的那样，这可能是他们与所爱之人此生所见的最后一面。由于汝汾郡狱外面的院子太过拥挤，陶生和他的兄弟们被挤到了一个小角落里，他的背几乎紧紧压在那些满是荆棘的树篱上，这些篱笆是为了防止罪犯逃跑而特意种在监狱周围的。尖刺深深地扎进陶生的背里，树篱内鸟儿愤怒的鸣叫让陶生又热又晕。当其中一个哥哥开始跟他说要好好照顾自己，不要冒任何不必要的风险时，他感到非常不耐烦。他究竟如何才能做到这一点呢？兄弟间尚有芥蒂，但陶生告诉自己这无关紧要——反正他可能再也见不到他们了。

刑徒已经向西行进了将近七天。晚上，他们就在野外过夜，没有毯子或任何居所可以容身。每天驻扎之后，他们勉强能分得一点腐败的谷物聊以充饥。随着路程的增加，刑徒愈发疲惫，身上的衣服也越来越肮脏破烂。陶生也变得愈发沉默寡言、孤僻内向，很少加入同伴对自身悲惨处境的哀叹之中。

距今尚不久远的秦朝之所以灭亡，部分原因就在于国家总是强行征发百姓为官方工程提供无偿劳役。然而，“无为而治”的国策仅仅实施了较短的一段时间，刑徒就痛苦地发现，汉代官府重拾秦代的施政方针，那些黑暗的日子去而复返。无论是否切实可行，官府工程都挤满了强行征发而来的劳役，那些特别艰苦或危险的工程就由刑徒来完成——至于他们所犯的罪行与他们的量刑是否匹配，根本没人在乎。

今天是他们路上的最后一天，在把自己的情况上报给登记官之后，陶生趁此时机环顾他的目的地。行进途中他一直没太注意周围的环境，几个时辰之前，他们路过一个大型采石场，很多刑徒还以为那里就是他们此行的终点。押解途中简直太过残酷，就连那些正在运送一车车黄土的采石工都让刑徒羡慕不已。

看样子，刑徒似乎来到了一个巨大而破败的墓地旁边。这里没有树木，没有屋舍，空中甚至连一只鸟都看不见，只有巨大的墓地在他们右侧。陶生开始怀疑这里是死去的刑徒被埋葬的地方，从队列中的骚乱来看，其他刑徒也得出了同样的结论。

解差不愿回答刑徒有关墓地的大声提问，但为了让对方安静下来，他们向刑徒解释道，他们距工舍还有一里远，而距太庙的建筑工地还要再加一里。他们只不过在这里停下来为队列中所有犯人进行登记，然后再和工地上的工人一起过夜。

登记完毕后，队伍又开始缓慢移动。陶生看到一名士兵正在鞭打一群向未知目的地搬运货物的劳工，所以，当他们突然在一个小土丘旁用席子围起来的窝棚前停下时，他感到颇为惊讶。

他听到一名解差喊道："找到你们自己的牢房，今晚你们就睡在这儿。明天就给我开始工作！"陶生一行人低头走进门口，尽管这根本没有必要——通过墙上的许多裂缝就能轻而易举地穿墙而入，而屋顶上也有许多窟窿，显然不比墙上的洞小多少。

一些与陶生同行的犯人刚刚还盼望着终于不用再长途跋涉了，现在看到这个最终目的地，又开始哭泣起来。这就是今晚他们过夜的地方，而今后无数个日日夜夜，他们都要在这里度过。陶生也对眼前的景象感到失望，但他默默赞同那些更乐观的刑徒的观点，至少今晚他们可以睡在屋檐之下了，尽管称其为屋檐确实有些牵强。和往常一样，陶生没有参与大伙的讨论，他孤僻离群的性子显然激怒了一些犯人，但陶生把人打成重伤的暴力名声也让他们不敢对他公然指责。

没过多久，又传来一阵骚乱和刑徒喋喋不休的愤怒喝骂。他们发现每人每月的食物配给还不到三石——这点粮食连养活一头小猪都嫌不够。刑徒的口粮份额远远少于戍卒，而戍卒大多数情况下只不过就是站在周围，监督刑徒的繁重劳作而已。

有两名刑徒在行进途中与陶生结识，其中一人此刻看向陶生并低声问道："我们真的要忍受这些吗？"有一次，陶生语带酸楚，指出他们别无选择；但最近几天，这两名刑徒一直悄悄暗示，他们确实还有一个选择——公开叛乱。

当没有解差和戍卒在场偷听时，这两名刑徒提醒过陶生，在颍川郡、巨野郡和其他地方都曾发生过刑徒哗变。叛乱分子占领并焚烧官署，杀害军官，释放囚徒。但陶生也提醒这些想要叛乱的人，所有暴动都以失败告终。没有刑徒能够逃脱——实际上，大多数作乱的刑徒甚至没能活命，因为官府一定会对叛乱予以暴力镇压。

然而，刑徒的待遇显然连狗都不如。等待陶生的命运就是劳作致死，然后被埋葬在那个他们登记为劳工时旁边的大墓地里。在这种情况下，他还有什么可失去的呢？这迫使他下定决心。

二人告诉陶生，当刑徒被安顿在牢房中过夜时，士兵会来检查他们脚上的铁镣。他们会把沉重的铁枷戴在犯人脖子上，把他们锁在一起，但会把他们的手铐解开，这样刑徒明早劳作时会方便一些。当他们双手被解开，脖子也没戴枷锁时，或许是个稍纵即逝的机会——就算不是，也总还能等到其他机会。

陶生冲这两名囚犯做了一个同意的手势，表示他将全力支持他们的计划，现在他们急需好好商议一番。

酉

白天的第十二个小时

（17：00—18：00　前酉时）

窑工的烦恼

这几天的日子让大苏觉得自己压根儿就不该离开制陶业。那时候，从制陶业转行去烧砖似乎是个好主意。大苏曾是私营作坊里的手工艺人，专门制作陶豆。他十分擅长这门手艺，并一心打算今后余生都从事这一行当。不幸的是，这一地区有很多熟练的工匠都在制作陶豆，市场竞争异常激烈。像许多传统行当一样，大苏所在的作坊无力与那些遍地开花的新作坊竞争。

作坊关门后，大苏去了另一家大型作坊，那里只生产一种商品——廉价的大罐子。虽然价格低廉，但这些罐子很难物有所值，因为它们水密性不好，而且几乎一碰就碎。他造出来的东西连他自己都不想买，这委实违背了大苏的职业道德，因此仅一年之后他就辞去了这份工作。

这个决定对一个拖家带口的男人而言或许是鲁莽之举，但大苏知道，有烧制黏土经验的工匠十分抢手——在工匠云集的制陶业或许并非如此，在制砖和烧砖行业却供不应求。全国各地正掀起一股建筑热潮。国家以前所未有的速度兴建公共建筑，富裕人家也忙着为自己修建生前的庄园豪宅和死后的大型砖室墓。

秦朝的建筑试图以宏伟壮观的体量引人注目，汉代的建筑不逊于前代，也极为壮丽多姿。屋顶被精心打造成不同形状，有的宛若飞鸟，有的形似山脊；地板上则是富有创意的优雅图案，这一切都饱含着窑工烧制砖瓦时的辛勤汗水。

大大小小的砖瓦作坊遍布乡野，工匠辛勤劳作，才勉强跟得上人们对砖瓦需求的不断增长。鉴于大苏的手艺在这一领域中似乎永远不愁无用武之地，因此他从烧陶改行烧砖也是顺理成章的事情。正如大苏希望的那样，他很快就被一家

刻有常青树和凤凰图案的画像砖

官营砖瓦作坊热切地雇用了。官府为兴建基础设施，对建材的需求简直无穷无尽，这家作坊为了完成定额正忙得不可开交。

由于薪资和工作时长都还不错，所以大苏估计自己能够应付砖窑里艰辛的体力劳动。但最近大苏不得不承认，他低估了这份工作的劳动强度。繁重的体力劳动对大苏的工友也造成了伤害。今天早上，他的两个助手都带消息给他，告知大苏自己身体不适。

别无选择的大苏只得临时叫儿子来帮工，因为早上的第一道工序他自己一个人根本完成不了。这项工作需要把今天一整天所需的黏土都装进一辆小推车中，然后运到作坊中间的草席上，在那里进一步加工。即使大苏和儿子合作，在小车前后一推一拉，仍感到吃力至极，因为儿子对这种活儿还没什么经验，况且他还只是个孩子而已。这种时候，大苏平常的好脾气也会迅速消耗殆尽。

中午，儿子不得不回家，把大苏一个人留在作坊里。他已经尽力了，但烧砖确实不是一个人就能干的活儿。他为棚子角落里的水槽重新装满水，然后匆匆吃了一顿午饭，等着看是否哪位助手今天下午打算上工。午后的头一个时辰里，他把先前自己和儿子运回棚里的黏土进行搅拌，然后在黏土上压下木质模具，将其做成铺设地砖时所需的薄长方形。

大苏自己一个人只能缓慢地在几道工序间轮流操作，当终于放弃制砖时，他略带嫌恶地看到自己费了这么大工夫就只做好了两小排砖坯，此刻那些砖坯正晾在棚子西侧。看来今天他跟不上以往的节奏了，往常，窑内烧着一批砖，他们就开始准备下一批，并将其晾在棚子下面。最后，大苏发觉他还得自己一个人烧窑，于是开始准备燃料。

烧窑的燃料是柴火和谷糠的混合物，要想把窑内装满燃料，需要推着小车往返多次。通常大苏会把这份差事留给一位工友去做，不是因为这份差事太过繁重，而是因为他不知何故对那些装卸燃料时飘浮在空中的谷糠非常敏感。然而，今天他别无选择，只能自己来干，仅仅拉了三车燃料后，他就咳得弯下了腰。最后，他决定停下来，否则剩下的时间里他什么都干不了了。他忽然想到，或许可以在谷糠上洒一点水，他把这个主意记下来，打算以后试试看。

此刻，他已经为两座窑炉运来了足够多的燃料，这些燃料，连同昨天作坊满员时堆在这儿的那些燃料，暂时已经足够用了。大苏环顾四周，心里盘算着接下来要先做哪些工作。

这个被当作作坊的棚子分为好几个区域，每个区域都专用于某个特定的制砖环节。两块基石之间有个朝西的大空场，由于一天当中大部分时间这里都能够晒到太阳，因此被用于风干砖坯。棚子里一半的空间都被他们三天前制作的几排未经烧制的砖坯所占用。棚子东部的水平面略低，这样一来，黏土准备过程和制砖过程中所用的废水就能够顺利地排到外面的排水槽中去。

作坊里有好几套用于制砖的木质模具，以便窑工根据顾客需求制作不同类型的砖。过去的几个月里，他们一直都在大量制作那种一尺来长、四寸到六寸宽、二寸厚的小型砖，这种砖是典型的汉砖，与秦代建筑中使用的那种超大型砖形成鲜明对比。

他们的管事提醒他们，这些砖是为修建太守的官寺而准备的，如果这栋建筑想要与官寺的声威相匹配，那么这些砖的质量就必须达到与之相应的标准。因此，制砖的黏土不能掺入那些寻常的材料，也就无法帮他们进一步消耗库存，而用来垒墙的又厚又长的砖，也要像为太守铺地用的薄方砖一样，必须品质优良。官寺的设计要求重檐顶，因此为屋檐烧制的瓦片既要形制多样，又要和谐统一。这确实是一个野心勃勃的设计，并不是所有砖瓦都能满足建筑师的要求，到目前为止，大苏的作坊一直是这种优质砖瓦的主要来源之一。

大苏一直以相当闲适的速度工作着，毕竟没人真的指望他一个人完成一整天的生产量。所幸如何处理那些缺勤的助手不是他能决定的，他们的缺勤都会一一记录在案，还有最近越来越频繁的迟到，最后管事一定会做出处理。

一想到管事看到今天严重减产后的反应，大苏突然意识到，一下午的时间几乎都要过去了，他还没把任何风干后的砖坯装进窑里烧制。工棚的一端设有两组窑，每组各六个。通常大苏和助手每人只需负责照看两个窑，但今天大苏一个人要给六个窑装运砖坯。管事可能明天下午就会来检查砖块的质量，如果大苏不想那时候两手空空的话，现在就得把这些风干过的砖坯放进窑内烧一整夜，这样明天一早才能拿出来进行冷却。

大苏又走向手推车（这是迄今为止工棚里最常用的工具），把它推到堆放砖坯的地方，挑出那些干透的砖坯准备烧制。找到合适的批次后，手推车上很快堆满了砖坯，大苏开始往窑炉旁走去，然后迅速瞥了一眼棚下所有未经烧制的砖坯。手推车里只装下了第一排的一半。若想取得些许进展，就不得不在炎热的午后阳光下一车又一车地来回搬运，再加上他没使用的那组窑炉还散发着昨天烧制后留下的余热，让大苏感到更难熬。正是因为火焰熄灭后窑炉内的高温经久不退，所以才需要有两组窑炉交替使用，这样一来，其中一组在使用时，另一组就可以冷却下来。

大苏脱下汗衫，用它擦了擦脸，但汗水还是从头滴到脚。他沾满黏土的脸因淌下的汗水而留下一条条湿痕，裤子也完全湿透了。他多想停下来，在阴凉底下好好喝点凉水，补充一下水分，但随着时间一点一点过去，他越来越担心自己的进度，或者什么进度都没有。

从砖坯堆又拉了一趟之后，大苏看到了意想不到的一幕。工友小丁上工来了，此刻正坐在角落里不慌不忙地温着一个装满酒的小酒樽。当大苏冲过来的时候，小丁把酒从火上移开，悠闲地喝了一口——大苏觉得作坊里热得跟炼丹炉似的，天知道他为什么在这里还要温酒。

恼怒之中，大苏忘了对这位终于到来的帮手心怀感激。“你在干什么，小丁？”他质问道，“你觉得现在还有时间喝酒吗？看看这儿，这还不够你忙的？”暴跳如雷的大苏忘了问小丁今天为何没来上工，显然这人什么病都没有。

小丁漫不经心地回答：“着什么急啊？我得先喝点酒热热身，然后才能干重活儿呢。”

“着什么急？”大苏重复着小丁的话，“从今天早上开始，我就跟耗子似的跑来跑去，一刻也没闲着。睁开你的眼睛好好看看，你看不见太阳都快落山了，还有这么多事等着咱们做吗？！”勃然大怒的大苏差点抄起一块砖头朝小丁扔去。

令人恼火的是，大苏无法命令小丁做任何事——那是管事才有的特权，而更窝火的是，管事会以为今天的活儿是大苏和小丁一起完成的。大苏没好气地捡起第一排最后几块砖坯，放进手推车里。

他忽然停下来，注意到砖坯上印着一串并不难看的爪印。他无法认同地摇了摇头，记着要再次提醒工友，谁晚上最后一个离开工棚，谁就要把门锁好。由于没有太多黑市会买卖未经烧制的风干砖坯，而窑内烧好的砖又温度太高无法处理，因此工棚不需要为防止偷窃而关门上锁。但问题在于，人畜可能会随便进入，比如某个找地儿尿尿的醉汉，或是把正在风干的砖坯堆当作冒险乐园的流浪狗。

如果这些砖是为私人建筑工程准备的，那么给建筑商打个小小的折扣，或许砖块上的小爪印也无关紧要。但在眼下这个项目中绝无可能，只有质量最佳的产品才能验收合格。大苏完全想象得到明天管事仔细检查砖块时会对这些爪印说些什么。大苏恼火地把手推车上最后几块砖坯拿出来，扔到地上，这样之后他就可以将其回收了。

另外一个窑也已经准备好了，大苏取出最后几块砖坯抱在胸口处，小心翼翼地向与窑门相连的半地下窑坑走去。他弯腰穿过那扇低矮的窑门，踩在今早放进火塘里的那些柔软谷糠上（小心不要搅起谷糠，以免吸进肺里）。他伸展双臂，够到窑炉的主窑室，小心地把带来的砖坯放进里面。从窑炉里出来后，他又往来搬运了三次，然后才把整车砖坯运完，他迅速计算了一下，还需要两堆砖坯才能填满这个窑室。

与此同时，小丁终于喝完了他的酒，正在工棚最远端把砖坯一块块装到手推车上。小丁的到来帮大苏减少了一半的工作量，大苏觉得自己终于可以痛快地喝点水，好好休息一小会儿了。当小丁推着砖坯走过时，大苏提议——让小丁给其他窑填上柴火和谷糠，他负责接着向窑里搬运砖坯。这样一来，小丁就可以免去沉重的体力活，而大苏的肺也省得再被谷糠折磨。小丁点头同意，然后把车推到作坊的尽头。那半樽酒看来对小丁的动作没有丝毫影响，但大苏知道，小丁就是喜欢那种喝跟水差不多的廉价劣酒。

大苏往火塘里又放了两堆砖坯，然后把注意力转向烟道。主窑室的后墙上有三个烟道，它们在后墙半道上逐渐会合，通向窑顶上一个漏斗状的大烟囱。确保烟道清洁之后，大苏走到窑炉后面，检查烟囱此刻是否畅通。他还检查了附近的一个大砖块，窑炉开始加温之后，这块砖要用来把烟囱半堵住，以确保火焰渐小后，窑内还能整晚保持高温。

现在需要做的就剩下点火了，一旦火着起来，就把堵烟囱的砖放上，如此一来，这个窑炉的烧制工作就算完成了。大苏略感不满地注意到，在离开作坊之前，他还得再待一个时辰；他一点都不指望小丁能留下来把今早误工的时间补上。大苏之前告诉儿子今天或许能及时回家吃饭，但现在看来不太可能了。他不确定儿子是否会再来作坊找他，如果再多一双手帮忙的话，或许父子还有可能一起回家吃饭。

大苏感到些许乐观，把第二排剩下的一半砖坯也装进推车里，他发现那只狗在第一排砖坯上留下脚印后，又来到了这里。大苏很快从那些被毁的砖坯上移开视线，检查下一排砖坯，心里一直祈祷着那只流浪狗只留下了这些痕迹，因为如果另一排砖坯也被毁了的话，他们就没有足够的砖坯把窑炉装满了。

夜晚的第一个小时

（18：00—19：00　后酉时）

厨子准备晚宴

食不厌精，脍不厌细。食饐而餲，鱼馁而肉败，不食；色恶，不食；臭恶，不食；失饪，不食；不时，不食；割不正，不食；不得其酱，不食。

——《论语·乡党》

任厨子走进厨房的时候，一只沉重的罐子掉到地上摔得粉碎，他进屋之前热火朝天的筹备景象瞬间凝滞了。这并不是什么新鲜事，但每次罐子碎裂的声音都会让任厨子心跳加速，拳头紧握。“怎么了？”任厨子几乎喝问道，所有人都转向站在厨灶一侧茶几旁的少年，他溅满酱汁的凉鞋就是他笨手笨脚的证明。这个年轻的帮厨不敢看向任厨子，只是低头站着，害怕得浑身发抖。不用说，任厨子也知道是哪只罐子摔碎了——自然是装着特制鱼酱的那只，那是他花费最长时间才制成的鱼酱。

任厨子意味深长地瞪了一眼这个犯错的孩子，一言不发地转向副厨，朝存放食材的架子比了个手势。在任厨子手下干了多年，这位副厨立刻明白，等任厨子一有空闲就要制作新酱了，自己需要为他备好食材。但他们不会马上就做，因为今晚又要举办晚宴——任厨子在厨房里还有几十道菜品需要监制。

作为世子的主厨，任厨子的工作颇有声望，而这份工作的要求之一，就是需要具备极高的抗压能力和同时应付五六件事的缜密心思。世子常年举办宴会，客人们心中总期待着宴会上能有珍馐美馔和铺张款待，认为只有这样才符合主人尊贵的身份地位。春末和初夏时尤为忙碌，因为这段时期世子会频繁举办宴会，有时是代父亲出席，有时则是自己设宴。重臣、皇亲、豪强、富商和其他贸易团体都希望得到他家的重视和恩惠，而任厨子的职责之一就是确保宴会上的食物能够体现世子对来宾的尊重。

宴会为任厨子带来很大压力，因为除了要优先完成宴会所需的这些额外工作外，他还有许多其他职责需要履行，包括监督采买各种烹饪食材、对厨房和厨具进行日常维护等。而成功把厨房里的二十几个人打造成一个团队，在像今晚这样的高压环境中出色完成任务，则需要另一套完全不同的技能。

实际上，在整整一年的紧张工作中，今晚可能会是最艰难的几个夜晚之一，因为世子将要招待自己的弟弟及其随员。听到总管的消息，任厨子就知道（他压抑着恼怒的呻吟），他得拿出最上等的佳酿和最奢华的菜肴。这里每个人都知道世子和弟弟的紧张关系，以及二人之间毫无必要的相互竞争。实际上，他俩根本没什么可争的——世子是法定继承人，这已成定局，不可更改。

在官场中，世子令人信服地展现出了自己的外交天赋和领导才能。然而，在这场危险游戏中，弟弟似乎在不断挑衅和僭越指定继承人，并任性地引以为乐。这种危险行为将许多人陷于两难境地——不仅对他自己的随从是如此，对世子的许多仆人而言也是如此。

任厨子认定自己和厨房里的人都是这一愚蠢的兄弟之争的受害者。他对世子处处想要压过弟弟一头的愚行感到相当厌倦——他到底还需要证明些什么呢？世子的侍从也因要不断想出新点子招待那位最难搞、最挑剔的客人而感到非常挫败。

典型的官方宴会要始终遵守秩序和等级。年长的客人要得到应有的尊重，而主人主持宴会时也要始终恪守礼仪、进退有度。但就像世子弟弟所表现的那样，他经常罔顾宴会礼仪，无视等级尊卑。对有些人来说，宴会就是他们挑战和推翻社会秩序的地方。任厨子知道，府里每个人都绝望地期待着今天的晚宴不会发生这种情形。

留下副厨去处理倒霉的帮厨和摔碎的酱罐后，任厨子走进主厨房旁边酿酒师工作的独立酒窖，那里相对安静有序。他进去时，负责酿酒的大师傅正拿着一壶由发酵糯米制成的黄色酒曲，他把酒曲倒入长桌一端的细颈坛里，坛里装满了煮熟的凉米饭。酿酒师把酒曲搅拌均匀，取下挂在脖子上的盖子把酒坛封严。

随后，酿酒师转向桌子另一边，那里还有五只排成一排的坛子。他沿着这排酒坛慢慢往前走，一边用指节轻敲每只酒坛，一边点头，显然对坛子发出的声响十分满意。任厨子则在一旁安静地等待。当酿酒师走到他面前时，任厨子让他提醒一下自己每只酒坛都加了哪些调味。酿酒师自豪地指着每只坛子，从左到右向他解说。这些坛子里分别装着稻米酒、黍米酒、糯米酒等。其中一坛糯米酒加了蜂蜜，另一坛则加了水果。

任厨子思考：今晚要供应哪种酒呢？在他仔细考虑的时候，酿酒师走过去帮助他的一位助手从左边的坛子里过滤米酒。实际上，酒液已经非常清澈了，但助手还是拿出了最细的滤网，尽量把米酒中的残渣过滤干净。

屋里其他人也正忙着过滤他们自己酿的酒，房间中充满酒曲的气味。角落里煮饭的大锅散发着热腾腾的蒸汽，与酒曲的味道混合在一起。为了过滤残渣，桌子下面摆放着六个大盆，旁边还有几只酒坛。两名酿酒师把发酵的酒液从酒坛倒入盆里，另一名工人则拿着滤网过滤掉其中的残渣。操作完毕，酿酒师再把盆中的酒倒回酒坛里，同时进行二次过滤。

任厨子看着倒出来的浅黄色酒液，做出一个决定。上次宴会中宾客们都觉得米酒口感极好，有位客人——一位富有的商人，甚至灌下了差不多二十杯米酒。今天晚上，任厨子决定还是提供这种米酒，因此他用红色墨水在酒坛上写下三个字：上尊酒。这三个字意义明确，没什么微言大义，意思就是“最好的米酒”。红色的墨水看起来很有节日气氛，而这几个字也向贵宾们显示出酒的主人对珍馐佳酿毫不吝惜。

与许多其他宫殿和贵族宅邸一样，世子的府邸也为不同的宴会、仪式和其他场合备有不同的美酒，还贮藏了一些小酒坛，作为礼物送给有功之人。尽管酿酒师在任厨子的厨房里几乎不间断地轮班工作，但也只能满足席上所需酒水的一小部分而已。究竟要搜寻进奉多少美酒，才能满足侍臣和客人那无底洞似的饮酒需求，令任厨子感到震惊和困惑。随后，任厨子在酒窖里又为另一个即将到来的庆典指定了要供应的酒水，他在另外两只上漆的酒坛上也写了一行字，一只酒坛上绘有精致的装饰图案，另一只的盖子上则立着四只小鸟。

这就是当世的贵族，他想。他们只吃最好的米，喝最醇的酒。宴会就是他们奢侈生活的完美体现。无论喝了多少轮酒、上了多少道菜，到下次宴会时，仍会有更好的美酒摆上桌来，有更精致的餐盘盛满美食，供客人享用。

任厨子最后夸赞了几句酿酒师井井有条的工作。然后，在返回厨房之前，他提醒他们，总管应该会在世子和主宾将要就座的主几上布置镶有金边的玉杯。离开酒窖后，他又折返回来，提醒酿酒师把米酒带到大厅时把暖酒器也一并带上。

与秩序井然的酒窖相比，厨房似乎随时会出乱子。二十多个人几乎同时为即将到来的晚宴忙碌着，本就狭窄的空间因大伙儿繁忙的工作变得更加拥挤闷热。正在捶打鱼肉的年轻厨师却对周遭环境束手无策。这个男人浑身是汗，肌肉遒劲的手臂挥舞着木槌，自从两刻前任厨子最近一次来到厨房，他就一直在捶打鱼肉。从现在鱼肉的状态来看，这项工作马上就要完成了。

这位厨子旁边有两个女孩，正蹲在地上用石臼碾碎香草和坚果，她们一人用石杵捶打，另一个则扶着石臼使其固定在原地。另外一组十几岁的女孩蹲在两个大浅盆旁边清洗蔬菜。洗着洗着，女孩们嬉闹起来，开始互相朝彼此的身上泼水。一位站在炉子旁边负责监督她们的年长妇女没有理会姑娘们的调皮，但当有人开始扔菜叶时，她连身都没转，就熟练地反手用金属勺子敲了那个捣蛋鬼的脑袋。女孩哭了起来，她小心翼翼地揉着被勺子打中的部位，松松的发髻散开来，遮住了泪痕斑斑的脸颊。

任厨子对这种嬉闹的场景已然麻木。他个人认为，不断为府里花样翻新地制作精致菜肴的压力快把每个人都逼疯了。不管怎么说，厨房确实太忙乱了，根本没有训斥教导下人的工夫，还是当场体罚更行得通。他记得自己年轻时也经常被厨房里年长的前辈责打，但他告诉自己这些教训从没吓退过他。

他绕过一位正舞着菜刀疯狂切菜的帮厨，取下一只长柄锅，准备制作酱料。鱼酱在贵族饮食文化中非常流行，大多数厨师都有精心保存的秘方，并按照独家秘方制作自己的招牌酱料。任厨子的食谱传自他的祖父。祖父不是专业厨师，对烹饪之道却极有天赋。他那鱼酱秘方的原料包括鲂鱼、橘皮、蕨类植物的叶子，外加榆荚和鱼子。

根据鱼肉种类的不同，任厨子有时还会添加一些发酵的竹笋和桑叶，以丰富鱼酱的风味。此举为鱼酱带来了清淡微酸的味道和爽脆的口感，这一完美的组合为任厨子的酱料在府中赢得了一席之地。

任厨子在炉灶边的台子上搅拌食材时，一位厨房主管指示两名帮厨，等任厨子一忙完，就在台子上备菜、切菜。任厨子不太担心蔬菜的准备情况，因为有那位备受信任的主管在旁监督，这个过程很少会出差错。但他还是快速瞥了一眼洗过的青菜，看到了竹笋、莲藕和一些绿叶菜。他告诉主管还要再准备一些小片的大豆叶，这些叶子与他今晚的酱料搭配起来会很不错。

透过厨房的小窗，任厨子看到外面已经天色擦黑，他突然又感到一阵压力上涌。肉！肉在哪里？准备好了吗？他大声问道。另一位主管在厨房的喧闹声中喊回来。

“准备好了，天鹅肉在这儿呢。我们宰了三只天鹅，现在正在清洗准备呢。鹿肉马上就好。”

仿佛受到暗示一般，一个声音从厨房外传来。两个男人抬着一个大砧板走进院中，上面躺着半只鹿，这是他们刚刚在兽栏附近宰杀的。另外半只也正在路上，搬运工解释道，他们先把这半只抬来，这样厨子们就可以开始切肉腌制了。任厨子看到鹿血正沿着砧板边缘滴落，心想已经没有时间把鹿肉挂起来控干了。但他当然不想弄得厨房地板到处是血，所以他告诉来人，把鹿肉放到外面的桌子上去。

时间越来越紧，而他们还有很多事要做。在烤鹿肉之前，他们需要先将鹿剥皮，再腌制鹿肉。任厨子拿起一把尖刀，递给一个灶伙，催促他赶紧到外面干活儿。然后他迅速检查了一番，确保自己的厨房乱中有序后，他决定帮这位灶伙一起准备鹿肉，好节省时间。

熟能生巧，两人毫不费力地剥开鹿皮，把鹿肉切成大块。只有等这些鹿肉被清洗干净、由助手用盐和香草都腌好之后，任厨子才会感到安心。

喝汤的礼仪

羹（汤）是汉代贵族的一种重要食物。马王堆出土的遣册（陪葬品清单）中记录了五种汤：大羹（不加调料的原味肉汤）、白羹（加入大米的肉汤）、巾羹（加入芹菜的肉汤）、葑羹（加入葑菜的肉汤），以及苦羹（加入苦菜的肉汤）。

重要场合中人们会饮用这些浓汤。汤羹具有社交寓意，因此饮用时必须遵照特定的礼法。喝汤时，不能让汤汁从嘴角流下来；吃肉时，亦必须细嚼慢咽，不出声响。此外，客人在饮用时不应添加盐或其他调味品，因为这样做会暗指主人的汤品风味不佳。

任厨子看着大门，期待着另外半只鹿也能尽快送来，但令他惊讶的是，总管走了进来。“任厨子，今晚的主菜是什么啊？”

“一只两岁小鹿的鹿肉。”任厨子回答道，对管家为何现在问这个问题感到有些困惑。

“扔掉它！世子殿下希望咱们提供的鹿肉越嫩越好。快让屠夫再宰一只未满一岁的幼鹿来！”从管家发号施令的口气来看，任厨子知道这可能是世子直接命令的，这使他没有任何谈判的余地。很明显，管家知道主子一时的心血来潮能给厨房里的人带来多少麻烦。所以，他抛给任厨子一个尴尬的眼神，就匆匆走了，留下满心绝望的任厨子想办法为临时变动的菜单寻找并准备新的鹿肉。

他们的兽栏里只有一只未满周岁的小鹿，这对二十个客人来说肯定是不够的。任师傅打量着已经切好的鹿肉，他知道任何一位客人都不太可能有那么敏锐的味觉，能够分辨出精心腌制过的幼鹿肉和小鹿肉有什么区别。

然而，这个念头还没有成形就被他抛诸脑后了。这并非出于恐惧，尽管如果被发现以次充好，处罚会相当严厉。而是任厨子相信，命令就是命令，他除了竭尽所能执行命令之外，别无他法。

他花了一点时间估量目前的形势，并迅速从短暂的沮丧中振作起来。考虑到目前的情况并非无药可救，他很快召来两名最得力的助手，命令他们接管厨房的一切事宜，确保蔬菜和谷物都烹煮得当。他让一名助手负责煮饭、蒸饼，把另一名助手带到一边，指着盆里切好的鹿肉。他让这人继续腌制鹿肉，好确保厨房有备用的鹿肉——老点儿的鹿肉总比没肉可吃要强。

任厨子打算以最快的速度跑到府外屠夫的肉铺去，只要看见两只幼鹿就立刻拿下。他走回厨房，用布把两柄尖刀裹起来。一旦发现猎物，他打算当场宰掉，剥皮割肉——他的主子可没给他多留一点儿空闲。

夜晚的第二个小时

（19：00—20：00 前戌时）

忧愁的侍女

太阳落下地平线时，天空中还笼罩着一抹玫瑰金色的光晕，此时，卫婕妤与她的侍女正沿着陵墓的双阙散步，享受最后一刻夕阳美景。这里出奇地安静。所有士兵都已经回家了，而值夜的卫兵还没有上岗。在陵墓中轴线——神道的两旁，静默地矗立着两排石雕。夕阳余晖映衬出石雕纤细的轮廓，它们似乎正用古老的语言诉说着失落的传说。

卫婕妤说道：“命运真是变幻无常——前一刻或许还平步青云，万事顺遂；下一刻一切就都烟消云散，陷入低谷。”侍女沉思着点点头，表示赞同，尽管卫婕妤几乎每天都念叨着这句箴言。

侍女从来不知道女主人所说的“平步青云”是何种样

西汉将军霍去病墓旁发现的石雕之一

子，因为她是卫婕妤在宫中失宠之后才被派来服侍她的。但卫婕妤常常谈起她在宫中时花团锦簇的景象——有时候侍女甚至会升起些许忤逆的念头，觉得她可能太执着于此了。人可以留恋往昔，但毕竟过去了就是过去了。在侍女看来，相比活在当下，卫婕妤似乎更喜欢沉溺于曾为先帝宠妃的荣耀之中。

卫婕妤时常提起，自己在受到先帝宠幸之前也是一名婢女。当年，班婕妤是宫中最受先帝宠爱的妃嫔之一，在宫中遭到很多人的羡慕和嫉恨。而她是班婕妤的贴身侍女，因容貌娇艳，引起了先帝的注意。注意到先帝对这名婢女的兴趣后，班婕妤很快就把她当作礼物送给了贪好美色的先帝。不管是在先帝近前，还是在后宫斗争之中，这名婢女都有一种与生俱来的天赋。她很快就在宫中升至高位，不久也被封为婕妤，与从前的女主人平起平坐。她的家人也对她的扶摇直上备感欣喜，期望着她能光耀门楣、荣宗耀祖。

但可悲的是，事与愿违，薄情善变的先帝很快就对她失去了兴趣，把注意力转向了宫里其他年轻女子。而先帝的荒淫堕落最终让他送了性命，也使他所有嫔妃都陷入混乱危险的境地。先帝驾崩后，卫婕妤高明的政治手腕使她在随之而来的血腥内斗中免于丧命，但她缺乏继续留在宫中的重要底牌——她从来没为先帝生过孩子。既然她从未给皇室诞育过子嗣，宫里也不再有卫婕妤的容身之地。

卫婕妤被送去看守先帝的陵墓——表面上予以尊荣，实际上相当于流放。如今她已被流放十余个年头，但她的境遇依然没有任何改善的迹象。“我怀疑，宫里已经没人记得我了。”她以前还和侍女如此自嘲，但现在已经很少谈起回宫的可能性。

卫婕妤在只差一步到达阙楼时停了下来，她转过身，回头看了看那座埋葬着先帝棺椁的陵墓的封土。她重重地叹了口气，对侍女说道：“不知道先帝在阴间是否也能看到像今天这般美的落日。”

侍女心神不宁地动了动，因为她发现每当卫婕妤陷入这种情绪中时，总是令人感到忧虑不安。“娘娘，我们回去吧。

天越来越黑，也开始有点冷了。”她语带担忧地恳求道。侍女想催促女主人赶紧回到她们的小屋去，不要再待在陵墓附近了。家里麻雀虽小，五脏俱全，在那里，卫婕妤的忧郁情绪通常能够一扫而空。

但是，卫婕妤坚持要沿着神道往回走，好仔细看看其中一尊石雕。那些石雕已经风化了，但现在看来，其中一些损坏的石雕已被重新修复安装过。卫婕妤想看看工匠们是否完好无损地保存着那只她特别喜爱的伏虎石雕。侍女可不像卫婕妤那般好奇，但主人去哪儿她就得跟着去哪儿。她一边走，一边不安地打量着黄昏时分陵墓周围越来越长的倒影。

侍女对这些石雕的修复速度感到惊讶。实际上，尽管卫婕妤发现了问题，但她甚至还没来得及上报朝廷。这一切都显得很奇怪——去年她上报阙楼屋顶的瓦片松脱掉落时，得到的还是全然漠不关心的回应。

“肯定有某些高官被派来巡察皇陵和先帝的寝殿了。”卫婕妤评论道。尽管与宫里的联系已然完全断绝，这位曾经的宫妃却非常了解这些事是如何运作的。她向侍女解释道，国运艰难的时候，先帝或其他高级官员会前来参拜皇陵，据说是为了求得皇室祖先的庇佑，但实际上，这是公开宣示其作为皇室成员具有政治合法性的一种方式。

卫婕妤叹了口气，侍女关切地望向女主人。她知道，卫婕妤仍然怀抱着渺茫的希望，期盼一些官员，甚或是新帝自己前来参拜时能注意到她，然后邀请她回到宫中。但即使侍女的政治经验极为有限，也知道发生这种情况的可能性微乎其微。她的女主人没有诞下过皇嗣，也没有有钱有权的亲戚朋友替她在新帝面前游说。在现今的宫廷中，卫婕妤什么都不是，对任何人都毫无价值。但侍女对此也没有太过沮丧，因为她们虽然一直流放在外，清冷孤寂，却也安全地远离了宫中的尔虞我诈和重重危险。

侍女看到卫婕妤轻轻抚摸着伏虎石雕的背部说道："你还记得那天咱们在寝殿外看到的那尊伏虎石雕吗？背部的线条雕得那么流畅漂亮，让人几乎能想象出虎皮上的条纹。你再看看这只，做工太粗糙了！他看了该怎么想？"她厌恶地把手挥开。

侍女不会问她的女主人那个"他"指的是谁——卫婕妤总是会如此称呼先帝。她只是看着星空沉默不语，心中希望她的女主人能留意到满天星辰，意识到此刻天已经很晚了。卫婕妤问道："今天是什么日子？"

守陵人

汉代有很多妃嫔和宫女被送去看守皇陵。只有极少数人自愿守陵，大多数都是以此种形式被逐出宫廷。对于没有子嗣的妃嫔而言，照看先帝的陵寝被视为她们度过余生的一种自然而然的方式。然而，在某些情况下，诞育过皇嗣的妃嫔也会申请成为先帝的守陵人。

“今天是十四日，娘娘。”侍女必须回过头来才能答话，因为她已经朝着她希望她们返回的方向走了几步。天越来越黑，与所有住在皇陵附近的人一样，她听闻过许多有关这种地方闹鬼的故事。她可不想待在这儿去验证这些故事是否真有其事。

看到卫婕妤漫不经心地跟着自己往回走去，侍女不禁松了口气，尽管卫婕妤走得很慢。“明天就是满月了，我们要在入夜后举行仪式。”她的女主人咕哝着。

在寝殿里，每天、每月、每季都要向先帝供奉祭品。在主殿的祭台上还保存着先帝的衣冠，宛若他还在世一般。他在阴间仍然需要吃东西，所以每天都要向其供奉食物，一天四次。他也仍然需要睡觉，所以他的卧榻也要始终保持整洁舒适。一年当中有几天先帝还要会见朝臣，所以还要替他为这一场合梳洗装扮。他在生前统治着尘世，死后也依旧是阴间的君主，所以他的衣冠每月都要巡游。[1]

侍女不喜欢寝殿。每次她不得不进入寝殿时，墙上装饰的木质动物看起来都栩栩如生，似乎有什么邪恶的东西正在

1《汉书·韦贤传》：“又园中各有寝、便殿。日祭于寝，月祭于庙，时祭于便殿。寝，日四上食；庙，岁二十五祠；便殿，岁四祠。又月一游衣冠。”

注视着她，空气异常阴冷。在那些闹鬼的房间里，侍女总能想起著名的汉武帝和王夫人之间的“爱情”故事，以及王夫人病故后，齐国方士是如何在深夜为王夫人招魂，让汉武帝隔着帷幕再见到他深爱的宠妃的。[1]

每当别人讲起这个故事时，侍女都要用手捂住耳朵。

侍女从未在先帝生前见过他，所以对这位陛下也没有什么太深的感情，因此她觉得所有这些供奉饮食、举行仪式之类的事情都荒诞离奇。但她知道卫婕妤、其他妃嫔以及那些曾近身服侍过先帝的宫女都认为这一切再自然不过，与祭奠列祖列宗一样，这一传统可以追溯到数百年之前。

“上个月举行的太牢祭祀，向先帝献上了一整头烤牛，不是吗？你看见他们昨天在准备小麦吗？”卫婕妤问侍女。侍女摇了摇头，什么也没有说，她紧紧抓住自己的长袍以掩饰自己正在微微发抖的事实，而这并不完全是因为带着凉意的晚风。

“别害怕，人们讲的那些鬼故事没一个是真的。我在这儿已经十几年了，哪儿见过什么鬼呢？我倒希望我碰见过，你知道，这样我就能再见到他了。鬼并不可怕，孩子——活人远比鬼更恐怖。”侍女知道卫婕妤正在试图安慰她，但适得其反。有时候她的女主人看起来更像是鬼而不是人。

1《史记》与《汉书》记载有异。《汉书》记方士少翁为李夫人招魂，但《资治通鉴》等仍记为王夫人。

侍女满心愤懑地认为，卫婕妤今晚一直非常任性轻率，一点也不体谅别人，临近黄昏还在陵园中磨磨蹭蹭，沉溺于对先帝的追念中顾影自怜。

“那个人对您一点也不好！为什么您还想要再见到他呢？”侍女平常对女主人说话不会如此直率，但她的判断力已经被挫败感和恐惧扭曲了。她也知道这是对先帝的大不敬，因为她没有按照卫婕妤耳提面命的教诲，尊称他为“陛下”——“不管是生是死，陛下永远是陛下。”班婕妤经常把这句话挂在嘴边。

卫婕妤没有回答，侍女也没再说什么，她们现在终于向着陵园出口的方向漫步了。当她们走出东门时，卫婕妤再次

汉景帝（公元前 157—前 141 年在位）阳陵中出土的兵马俑

回首望向埋葬着先帝的封土。这个巨大的土丘高高地伸向暮色中的天际，在傍晚第一片星光的映衬下显现出浓黑的轮廓（汉代陵墓的封土极为壮观庞大，甚至能够成为当地的地标）。侍女看到卫婕妤将视线移向距离先帝陵墓不远的一座小一点的土丘，知道卫婕妤正在看她从前的女主人——那里是班婕妤的安息之地。

侍女对卫婕妤从前伺候过的这位女主人所知甚详。在先帝的众多嫔妃中，班婕妤是卫婕妤唯一真正尊敬和钦佩的。班婕妤学识渊博，且品行高洁，诚实正直，后宫中无人能出其右。卫婕妤告诉侍女："班婕妤很有远见，她早就预料到会发生丑恶的宫廷内斗，并且在陷入内斗之前就勇敢地逃离了。她配得上被埋葬在这里——埋在先帝旁边。等我死了以后，谁知道又会怎么样呢？"这次轮到卫婕妤在傍晚的风中微微颤抖了。

侍女抓住卫婕妤的胳膊，几乎是把她从大门处拖走。她们现在唯一需要做的就是先向左转，再向北走，回家去。走出沉寂的墓园，外面的街道显得熙熙攘攘，繁忙混乱。虽然天快黑了，但这个普通小镇的生活还在继续。人们彼此见面寒暄、饮食坐卧、工作休息，过着他们当下的生活。

卫婕妤和她的侍女经过一小队夜间值班、正准备上岗的卫兵，看到一对老年夫妇担着一捆木柴，或许是劳作一天之后正要回家。这对夫妇走进一栋小屋，家人的问候和谈话声一时间传到了大街上。

侍女向卫婕妤问道："您怀念普通人的生活吗？"

"普通？何谓普通？我当然羡慕刚刚从咱们身边经过的那对老夫妇。当人老了以后，没什么比伴侣的安慰和陪伴更好的了。"卫婕妤似乎已经从阴郁的情绪中走了出来，但她看起来有点失落。从她进宫当侍女，再到成为守陵人了此残生，她的人生经历过巨变，她的社会地位也曾骤起骤落，但她的命运始终未曾改变——无论何时，她都要屈从于先帝的需要，即使在他死后也依然如此。

到家之前，街边的一幕又提醒卫婕妤认清命运和现实。当她们经过为巡游仪式所保留的衣冠道时，工匠们正在那里挖坑。看起来他们正准备修造一个精致的墓穴。

卫婕妤停下来盯着他们瞧。这些人要干什么？为何如此紧迫，竟需要连夜挖坑？她问其中一个看起来像是监工的人，那人告诉他，大司农病重，工匠们正在为他准备墓穴。侍女注意到，监工正用一种奇怪的表情盯着卫婕妤，好像他以前见过她，但一时之间又想不出她是谁。

"简直难以置信！你怎么能这么做？你难道不知道这里是为陛下衣冠巡游保留的地方吗？这里是圣地！你怎么敢随意破坏！"卫婕妤歇斯底里地高声喝问。

"您说的到底是哪位陛下？住在皇宫里的陛下为了表示对大司农的荣宠，已经把这块地赐给大司农了。"监工十分得意地回答。

侍女不知所措。她明白，先帝驾崩了，但周遭世界仍然日新月异；她接受了这些变化，卫婕妤却只活在自己的世界里，活在那个十多年前就已不复存在的世界里。她不止一次看到卫婕妤与守陵的士兵和其他人无望地争吵了。现如今，陵墓和寝殿的庭院已经不像过去那般神圣不可侵犯。当地居民和高级官员的墓穴越来越多地侵占了曾经属于陵园的土地。侍女注意到寝殿和其他陵墓建筑日渐坍塌倾颓；亭台的地面上长出野草，祭台上也落满灰尘。要不了多久，这座陵园就会被人遗忘，但是她知道卫婕妤对这一切视而不见，只看得到这座陵园最初孤寂显赫的样子。

“娘娘，我们走吧，求您了，我们现在就回家吧。”她们不可能阻止这些掘墓的工匠，侍女最终还是成功地把卫婕妤拖走了。她们一起回家时，卫婕妤仍旧回头向工匠看去。监工听到侍女称呼卫婕妤为“娘娘”，便举手示意其他人停下来。但侍女继续拉着卫婕妤往回走，片刻之后，监工就让她们离开了。

“你看见了吗？他差点儿就认出我了。”卫婕妤向侍女说道，脸上露出一抹伤感的笑意。

三种仪式

汉代皇陵每日和每季会举行三种仪式。第一种，在寝殿内向已故皇帝供奉饮食，一日四次，食物与皇帝在世时享用的一样。第二种，丞相有时会被朝廷派来主持季节性的仪式，并在已故皇帝的陵前献祭。第三种，每月都将已故皇帝的衣冠从寝殿内请出，置于马车上，在陵墓周围巡游。这些仪式通常由太常主持，其他官员出席仪式。

夜晚的第三个小时

（20：00—21：00　后戌时）

史官下定决心

究天人之际，通古今之变，成一家之言。

——《史记·报任安书》

烛台的烛焰在档案架上投射出一个朦胧的剪影，在后面斑驳褪色的白墙上映射出摇曳的暗影。这就像是在释读甲骨上的裂隙，但昏暗、舞动的形状太过变幻莫测，使刘史官无法做出预测。屋外花园中，桂花清香的气息透过狭窄的窗户飘进房间。一只昏昏欲睡的鸟儿间或发出一声啁啾，仿佛它的一天即将结束，正要在宜人的夜色中栖息下来。刘史官的心绪却无法像夜色那般平静。混沌的思绪在他脑海中不断翻滚，折磨着他的心灵，此刻他的内心已经被一个噩耗搅乱了。

和刘史官一起在宫中任职的杨史官被残忍地处以斩首，后者把太子品行不端的过失记入了官方档案，因此付出了生命的代价。太子调戏了一位高阶宫女，导致那位宫女后来羞愤自杀。当杨史官把太子的罪行公之于众后，又怒又怕的太子便取下了杨史官的项上人头。处决是在皇宫外进行的，其他几位史官也被要求观刑，好让他们从中长点记性。

当然，这一事件并没有就此结束——太子非但没有压下那些讨厌的弹劾，反而大肆宣扬，让所有人都知道了他的所作所为。现如今皇宫内外流言四起，据说皇帝本人对这起案子也很关注，尤其是因为他的指定继承人在其中的表现委实缺乏判断力，令人十分担忧。

在许多人看来，杨史官为此殉职毫无意义和价值，但对刘史官和其他史官来说，这听起来既悲惨又再自然不过。他们的工作就是记录事实，如果他们记录的是谎言，或是掩盖不便公开的真相，那他们和二流说书人又有什么区别呢？在这种年代，认真履行职责的史官就是要将生死置之度外，如同杨史官那荒唐的命运所显示的那样。

在汉代，像杨史官和刘史官这样的文臣因刚正不阿而极受尊敬；人们对他们的敬重，也部分源于他们毫无畏惧、不偏不倚地保存了文书档案。然而，旧有的传统和社会价值正在发生着变化，尤其是当这些价值观与帝国官僚体系的需求发生冲突时。强势的帝王（如汉武帝）坚持干涉史料记载，认为帝王想把历史写成什么样子，历史就该是什么样子，许多试图保存记录不遭篡改的史官因此不幸遭到杀害。然而，像杨史官这样勇敢的文臣仍在不懈地努力着，就像是战士挥舞着佩剑保卫某种无望的事业一样，学士也用自己的笔保卫着自己的信念，为了赢得荣誉甚至不惜牺牲自己的生命。

在昏暗的暮色中，刘史官回忆起自己和杨史官一起学习儒家礼仪和儒学典籍时的场景，神情变得庄重起来。他俩都因勇敢、正直和清廉的本性而受到老师的赞扬，但杨史官总是他们之中最好学上进的那一个。杨史官来自一个颇有声望的史官家族，这让刘史官十分羡慕。在他们这个相互联系的小圈子里，这种家族出身的子弟只要不是废物，就能确保终身都有不错的官职。但杨史官远不止称职而已——他聪慧灵巧，学识渊博，人脉广泛，还讨人喜欢。

学成之后，刘史官在御史大夫手下任职，御史大夫是朝廷中最重要、最有权势的官员之一。刘史官的官署设在兰台，是保存皇帝法令、官府公文信函、国家律法和图籍的地方。他的官署距离石渠阁很近，这座皇家图书馆就在未央宫之后，所以刘史官一有时间就会造访石渠阁，阅览其中卷帙浩繁的典籍图册。

他的同窗杨史官则到宫中担任太史，负责记录国家大事和皇室的衣食起居。尽管这一官职颇有声望，人们也普遍认为他前途远大，但杨史官总有点悲观厌世。他知道，无论地位多高，史官在一夕之间就可能失去宠信，第二天就身首异处。每当他们见面时，杨史官就不厌其烦地频频提起齐太史兄弟三人冒死直书的历史悲剧。

齐国太史三兄弟，因为勇敢地记录了大夫崔杼弑君之事而失去性命[1]。杨史官还清醒地指出，这件事发生在春秋时期，而那时候的史官可比如今的史官权力要大得多。

此刻，刘史官想知道那三位齐国史官在杨史官的惨死中起了什么作用。他们的故事是否预示了杨史官的命运？是否那些秉笔直书、视死如归的先烈激励着杨史官也走上他们的老路？

刘史官伤心地想到了另一句杨史官最爱的格言：唇亡齿寒。打压史官会使国家利益受损，只有确保史官笔下的记录准确无误，才是最符合国家利益的。当然，很多高官支持史料记载要大体无误，而一旦是涉及他们自己的记录，就会残暴地要求修改，因此，史官的工作要平衡各方利益，其中的凶险外人根本难以想象。

刘史官面前的桌案上放着一只小炉子，炉子腹部用漂亮的字体写着两个大字“仓颉 ”。仓颉是传说中创造文字的人。刘史官还清楚地记得父亲带他去参拜仓颉庙的那天，父

1《左传》记载：“大史书曰：‘崔杼弑其君。’崔子杀之。其弟嗣书而死者二人。其弟又书，乃舍之。南史氏闻大史尽死，执简以往。闻既书矣，乃还。”“大史”即“太史”。

亲用极为夸张的语气告诉年幼的刘史官，仓颉是如何在仔细观察星象、龟壳纹路、翎羽线条并研究了山川形势之后，才发明了书法的。

刘史官准备离开家乡到宫廷任职的那天，父亲拿起那只炉子，用黑色墨水在上面写下“仓颉”二字，笔触遒劲大胆，造诣精深，一看便知在书法上浸淫多年。父亲告诉刘史官：“我不指望你很快就能擢升至史官之首，但我确实希望你能一直都有直面恶行的勇气和砥砺前行的力量。”

早在他接受正式教育之前，刘史官就已经在父亲的教导下严格练习书法了；现在，经过多年的练习，他的笔法也变得几乎同样苍劲有力。刘史官看着这只炉子，发觉自己这么多年来还是第一次仔细观察它。他注意到，陶炉粗糙表面上的“仓颉”二字已经褪色了，由于墨汁被多孔的陶器所吸收，字迹边缘也已变得模糊不清。刘史官心不在焉地拿起一支毛笔，在桌上的砚台里蘸了蘸墨。他用浓黑的墨汁重新描摹父亲的字迹，回忆起父亲在世时父子二人的争论和探讨。

有一次，刘史官读到一个富裕地主与其佃农之间的土地纠纷案件，最终结果是地主遭到暗杀，佃农被判处死刑。他向父亲提起这起案子，两人开始讨论国家是否有权主持社会正义。当然，除了父亲之外，刘史官不敢跟任何人讨论这个问题，因为官方立场认为，国家执法是万无一失、不容置疑的。

但不知何故，刘史官自己并不相信这点，有时候他甚至暗自怀疑，国家本身就是腐败不公的。当他把这件事告诉父亲时，父亲对他说，其他人确实会偶尔挑战国家权威。在旅行途中，刘史官的父亲去过很多地方，其中有些地方不是靠官府来维持社会秩序和正义，而是靠地方长老和乡间组织。刘史官的父亲认为，作为史官，他们的工作就是上报和记录维持社会秩序的不同方法——尽管这样做会有危险。

“不朽的史家司马迁在《史记》中曾说，”刘史官的父亲引用道，“‘今拘学或抱咫尺之义，久孤于世，岂若卑论侪俗，与世浮沉而取荣名哉！’我们史官应该把这些话牢记于心。”

现在，在听到杨史官的噩耗后，他又想起了许多没来得及和父亲讨论的问题。什么是名誉？为坚守自己的原则而死是否比生命本身更为重要？杨史官的死是重于泰山，还是轻于鸿毛？以及，他自己又算得上是什么人，有权为任何事情妄下判断吗？

他突然站起身来，走出房间去呼吸几口新鲜空气。他住在宫中一个相对僻静的地方，这一区域是专为在宫中供职的低阶官员准备的。他们这个共用的庭院与宫中那些更为奢华的楼台亭阁还有很远的距离——对此刘史官总是心怀感激。他站在院子中间，凝视着头顶的星空。

占星并不是刘史官的职责，但是他喜欢观察天空中星象的变化模式，并为他的个人所需做出预测。然而，庭院中的视野受高墙所限，只看得见小小的一方天空，月亮也被云彩遮住了。刘史官猜测这藏起来的月光是否预示着某种变幻无常和不祥的东西。

他苦笑着，回想起身为孔子门生的父亲并不太支持他对星象占卜和黄老之术的喜好。父亲轻蔑地称其为“天象”，认为占星术对解释过去与未来的联系毫无助益。最后，刘史官是利用如今的职务之便，通过阅读档案和记录才自学了他所知道的这种占星方法。

发觉自己目力所及的这一小块天空实在做不出什么预测之后，刘史官略带失望地返回房间。外面越来越冷了，他把双手放在灯座上取暖，注意到由于自己一直思绪混乱，直到现在才发现有一卷打开一半的官府公文还放在桌上，等着他处理。

这份公文是今天早上刚送到的，发自一位高级史官，明天就应该处理完毕。刘史官强迫自己聚精会神，把这份文书完全展开。这卷简牍有十支竹简，用麻绳均匀地串在一起，当这份公文完全摊开时，几乎占据了他那张小桌案一半的空间。

刘史官完完整整、仔仔细细地检查了一遍文本内容。得益于父亲和老师的谆谆教导，刘史官精通大量汉字的不同字体，这种来之不易的专长帮他获得了目前的职位。然而，还有数以千计的字形有待掌握，因此刘史官继续在石渠阁研习深造，在那里，他可以接受一些顶尖大儒的指导。

刘史官现在已经熟悉了六种朝廷认可的字体，包括深奥难解的鸟虫篆。但就像父亲以前做的那样，他集中精力研究隶书，因为这是朝廷官方公文最常用的字体。刘史官不仅要检查眼前的这份文书是否内容准确，还要确保其书写优美、风格一致。他第一次入宫就职时就被告知："一份字体标准、书写精美的文书既代表着国家的权威，也彰显着朝官的严肃性和专业性。"

刘史官皱了皱眉头，因为他发现卷轴的第二片竹简上有两个字写得很潦草，而且还没有对齐，这个疏漏之处不仅看起来很不美观，而且降低了竹简档案其余部分的质量。他一边自言自语，一边刮掉了竹简上那两个碍眼的字，仔细按照竹简上的字体风格重新书写。这份竹简看起来很可疑，好像是一个新手将上司口述的内容一字一句誊写到简牍上似的。一遇到忘记如何书写的汉字，那名不太熟练的书吏就留出一些空白，显然意欲留待之后填补。其最终结果就是间距不等、字迹潦草，给人留下匆忙了事或笨拙无能的整体印象。

刘史官竭尽所能，纠正了其中一些错误，修改了一些非常不标准的字形，之后又非常仔细地检查了那些潦草记下的数字是否准确无误。记录数字时很难保证准确性，尤其是在匆忙听写的过程中。刘史官记得非常清楚，最近向皇帝上奏的一份文书中，本来想表达的是"十"，结果却错误地写成了"百"。因为这份文书是负责皇家铸币的钟官上奏的，这一误差之严重，足以导致那位官员遭到鞭打，此外，起草文书的书吏和未能发现错误的史官也都受到了额外的惩罚。

当他改好文本后，刘史官卷好竹简，把它小心翼翼地放到架子上，好在明天递交出去。

他发现伏案工作没能帮他化解任何杨史官去世所带来的怨怒，所以他伸手打开书案旁一只雕工精美的竹盒，从里面随意取出一卷竹简。最近他从石渠阁借了一部《左传》，希望阅读这些儒家经典能帮自己平复心情、缓解思虑。

官方文书使用的竹简较长，这些典籍所用的竹简却比较短，而且（刘史官挑剔地注意到）这些典籍的字体往往更加规范优美。他展开的这卷典籍讲述的是晋景公（公元前 581 年去世）的故事。失明的史官左丘明用极为简洁的笔法，描写了这位曾经位高权重的晋国君主离奇的一生以及更为离奇的死法。读着读着，刘史官惊讶地发现，当时的朝廷允许左丘明公开事实真相，包括晋景公因桑田巫预言了他的死期而将其处死的史实。正如之后发生的那样，晋景公死期一到便难堪地溺死于粪池——左丘明记载的这些内容不仅未经审查，而且还加入了他自己刚正不阿、毫不谄媚的观点。

伟大的历史学家司马迁

司马迁出生于一个鼎鼎大名、受人尊敬的史官家族。他的父亲司马谈（约公元前 169 年—前 110 年）在汉武帝时担任太史，负责上奏天文历法等事。在其临终之际，司马谈告诉儿子要继续完成他的未竟之业，撰写一部纪传体通史。

司马迁继承了父亲在宫中的职位，但他很快就因为支持与匈奴作战失败、之后被俘投降的将军李陵而触怒了汉武帝。作为对司马迁胆敢忤逆皇帝的惩罚，他被施以宫刑。他背负着极大的屈辱，继续完成了父亲的遗愿。

司马迁极具革新性的史学巨著《史记》为之后的史书确立了书写框架，后世文人学者也延续了他对史料文本兼收并蓄的态度。《史记》以其无与伦比的史学价值和文学价值，被 20 世纪的中国文豪鲁迅誉为“史家之绝唱，无韵之《离骚》”。

刘史官心事重重地将竹简放回箱子里。春秋战国时的故事早已成为往事，那时，像左丘明那样的史官不仅可以批评君主的恶行而免受责罚，还能够以后世的评判为威胁规劝其改正。

刘史官再次走到院中，但这一次他没有再去寻找被云彩遮蔽的星辰，而是低头注视着落满桂花花瓣的石板。用不了多久，落花便会随风而去，无人察觉，甚至无人记得它们曾经存在过。同样，刘史官也可以同这些花瓣一样，屈服于朝廷的意志，按部就班地做自己的工作，做一个毫不起眼的官员，最终被历史的洪流冲走，被人们遗忘。或者他也可以起来反抗，为某些值得的事情慷慨赴死。在那一刻，刘史官下定决心，杨史官的英勇之举和付出的沉重代价不会被人遗忘，因为自己将要接续他的遗志，且矢志不渝。

夜晚的第四个小时

（21：00—22：00　前亥时）

舞人结束表演

当小楠在大厅中央为贵族宾客们翩翩起舞时，她在家中的姐姐即将迎来一个新的小生命。一位年长的宫女把这个消息告诉她时，小楠正在准备今晚的表演。姐姐的羊水已经破了，孩子降生在即。小楠此刻只想赶紧回到姐姐身边，但她是今晚宴会上的领舞，如果她突然离开，将是对主人极大的羞辱，更不用说她一走伎乐班子的其他人就会陷入混乱。

与许多卖身到宫廷的倡优不同，小楠是一位大贵族私人伎乐班子的成员，因此可以享有一定的人身自由。然而，在受雇期间，她通常需要待在雇主府中，除非被传召到其他地方表演，比如现在她们所处的这座皇家厅堂。

知道自己一旦分心就没法好好跳舞，因此此刻小楠集中精神，试图不去想姐姐家发生的事情。这不单是因为她要为观众奉上最精彩的表演——而且还因为跳舞时一旦分心就会出错，而出错就可能导致受伤，这会使小楠在家人正需要钱的时候无法参加表演。

当她抛出长袖，弯腰完成一系列复杂动作时，好几次险些摔倒。这时，她便假装用微笑来掩饰自己的小小失误，而从贵族宾客的掌声来看，没人注意到她的轻微摇摆。然而，那些贵族慵懒随意的掌声并没有让她感到心安，相反，她觉得更委屈了：她应该陪伴在姐姐身边，却不得不为座上宾歌舞。

但小楠的姐姐肯定会理解甚至支持她此刻的选择，因为她们姐妹俩出自一个倡优世家。她们的祖籍在淮河流域，那里正以器乐歌舞闻名遐迩。皇帝开始在这一地区擢选艺人之后，舞人就变得流行起来，如今她们在首都的贵族圈中分身乏术。借着当今的风尚，小楠家几年前也搬到了常安，寻求工作、名声，当然还有荣华富贵。

小楠的姑姑已经退休，却是她家第一个在宫中表演过的艺人。她歌喉动人，早在进宫之前，就因演唱汉代流行的楚歌而名声大噪。小楠是她家第二代中仅有的两个女孩之一，所以，几乎从出生那一刻起，她就注定要成为一名宫廷艺人，光耀门楣的重担始终压在她纤细的肩膀上。当小楠还是个小女孩时，姑姑就开始教她唱歌和演奏不同种类的乐器。然而，在小楠证明自己能够胜任之后，家人很快就发现，她显然达不到宫廷艺人所需的那种最高标准。

尽管她的音乐天赋有所欠缺，但她在柔韧性和运动才能上确有超常之处。看到小楠自然优美的体态和娇小玲珑的身段，家人很快就明白，应该把她培养成一个表演鼓舞的艺人。鼓舞很难掌握，但这种舞蹈允许表演者自由发挥。从父亲的舞蹈动作中，小楠选取了杂技艺人和当时男性舞人所用的步法，把这些更具男子气概的动作融合到自己那种自然轻盈的风格当中。

她从母亲那里学到了与此截然不同的女性舞蹈动作，在这种舞蹈中，舞人使用长长的水袖使观众的视觉效果达到极致，她们把水袖抛上、抛出、牵引、摇摆、缠绕、拖曳，使其宛若蜿蜒的彩带一般，在她们旋转身姿时环绕飘动。多方位的训练使她掌握了多种舞蹈技巧，但训练既严格又漫长。当人们称赞小楠技艺精湛时，只有她的父母知道她此前苦练了多久，又为此付出了多少汗水。终于，在小楠十六岁时，她以乐伎的身份进入宫廷，并迅速成为一位知名的舞人。

此刻，她翩翩起舞，那又长又窄的袖子从腰肢和胸部向外延展出一条条优美的曲线，让她看起来就像灵活的仙女一般在舞台上飞舞。乐师们在走廊里或站或跪，钟磬之声余音袅袅，渐渐趋于沉寂，鼓手的最后几个鼓点却越发强劲有力。

这是小楠结束舞蹈的信号，她做了最后一个高难度动作——从大厅中央向边缘走去，然后冲向一边，踏动双腿突

舞人陶俑，刻画了在表演中至关重要的传统水袖

然向前一跃。同时，她向上抛出长袖，身体则迅速向后下弯。宴会上的宾客都从饮酒闲聊中停了下来，随即爆发出一阵热烈的掌声，小楠却没有停下来鞠躬致谢或接受荣耀。相反，她撩开轻盈的淡黄色丝绸帘幕，静静地步进走廊，微微喘着气，汗珠顺着她的脸颊流了下来。

其他艺人关切地看着她苍白的脸庞，通常，在如此剧烈运动过后她都会面色红润。在他们这个小小的伎乐班子里，她姐姐临盆的消息很快就传开了，小楠知道其他人很关心此事，但也担心这个消息会让她分心，影响她今晚的演出。他们知道此时不该去打扰她，因为小楠在下一场演出之前只有很短的休息时间。

附近香炉里飘来的香气让女孩平静了一点，她试图用均匀的深呼吸来稳定气息，但她即将成为阿姨的兴奋之情仍然没有消退，同时，她也担心姐姐此刻的安危。小楠咬着嘴唇，警告自己克制住想要尽快结束表演的急切心情。孩子已经出生了吗？是否母子平安？要是他们有危险该怎么办？她此刻身处深宫之中，离家那么远，小楠一想到有可能失去她唯一的手足和真正的知己，就感到一阵恐慌。

突然，从大厅中央传来一首凄凉的乐曲，曲中的悲苦之情与小楠突如其来的恐慌产生了完美的共鸣。歌手步入大厅演唱，小楠则在帘幕之后聚精会神地聆听着，随着音乐的起伏，此刻她已经确信，自己的姐姐肯定出了什么状况。她一方面希望这首歌不要那么悲伤；但另一方面，知道作曲者能够分享她的悲伤绝望之情，又为她此刻远离家人、独处厅堂的孤单心绪带来了些许安慰。

此外，得知即使是伟人也同样会被悲情所扰，也使她感到一点安慰。汉朝的开国之君刘邦来自楚国，他非常喜欢楚国的歌曲。他在江山一统、登基称帝之后衣锦还乡，见到父老乡亲时写下了《大风歌》。在这首歌中，皇帝泪眼汪汪地问他的听众，如何才能寻得猛士替他驻守四方。

这种凄凉悲怆的楚歌风格被汉代的歌手所继承。许多皇帝和皇后也是了不起的填词者和歌手，比如强大的汉武帝就曾创作过《秋风辞》，用来表达那种乐极生悲的奇特哀思。

乐师们演奏着瑟、琵琶和缶，与钟声一起发出和谐、响亮的徵音。“吾家嫁我兮天一方，”歌手缓缓吟唱着歌曲的第一句歌词。这是著名的《悲秋歌》。这首广为流传的歌曲是由细君公主创作的。这位汉族公主被汉武帝嫁给了远在大汉帝国西北部的乌孙王猎骄靡。在这场政治婚姻中，没人觉得老汉配娇妻有什么问题。孤苦伶仃、思乡情切的公主写下这首歌，以表达自己内心深处无法言喻的孤独与远离故乡的苦痛。“……远托异国兮乌孙王。穹庐为室兮毡为墙，以肉为食兮酪为浆。居常土思兮心内伤，愿为黄鹄兮归故乡。”

歌手以高音结束了第一小节。这首歌最后几个字，小楠的唱法和母亲、姑姑演唱这首曲子时非常相像，都是用拖长的高音一字一字唱出最后的歌词。

“要慢慢来，永远不要心急。”她姑姑总是这么说。歌声与器乐搭配得堪称完美，在场的所有人都被歌手低沉圆润的歌声所打动。这首歌成功地把他们带到了乌孙公主生活的遥远塞外，尽管只有很少的人真的了解那位公主的悲惨人生。然而，这首歌强烈地表达了小楠此刻的心境。她目前也处于这样的困境之中，而这座厅堂就是她与姐姐之间不可逾越的鸿沟。

一位宾客在音乐的感染下也走进大厅，开始吟唱同一小节。坐在他周围的宾客也加入进来，房间中的气氛陡然变得更加庄严肃穆。客人们停下碗筷，有的人眼中甚至蓄满了泪，泪水顺着他们的脸颊滚落下来。

宴会的主人倒是很乐意看到这种情绪爆发，因为这意味着今晚宾客们都受到了很好的款待。但他不想让大家的心情变得过于感伤，于是他向歌手点点头，示意她安静地离开，然后又向等在走廊里的乐师挥了挥手，让他们演奏些轻松愉悦的曲子。

小楠在乐师当中寻找着自己的表兄董生，他们正准备演奏下一首乐曲。小楠和董生两情相悦，但二人都没有勇气向对方表达爱意。即使他俩在同一座府邸中供职，也并不经常私下见面。与小楠不同的是，董生可以自由出入府邸。小楠心中猜测，他知道我姐姐就要生产了吗？我应该试着请他帮忙给家里带个消息吗？她看到对方也在看着自己，两人眼神交汇，给她带来了些许安慰。

就在这时，鼓声与各类石质、竹质和青铜乐器的喧嚣之声突然充满了整个房间，仿佛一时之间，观众就被送到了一个繁忙熙攘的集市之中。两名仆人用巨大的盘子和鼓在地上迅速围成一个圆圈，一小队舞人穿着鲜艳夺目的服饰鱼贯而入。小楠又要上场了，她将要在今晚的最后一个节目中领舞。这个复杂的舞蹈要用到盘子和鼓，而这也是汉代最受欢迎的舞蹈之一，舞人要在盘子和鼓之间来回跳跃，以展示她们的舞蹈和杂技技巧。

陶器口沿处饰有保持平衡的伎俑

最初，舞蹈中大约只用得到六七个盘子和鼓，但为了满足贵族们越来越强烈的炫耀欲和攀比欲，现在，这两种道具的数量有时甚至有二十多个。这给舞人带来了极大的挑战，促使他们突破自身协调性和技艺的极限；因为这种舞蹈的体力消耗非常大，所以舞人还必须严格控制自己的呼吸。今天下午排练的时候，三个年轻、不甚熟练的舞人就撞到了一起，并因粗心大意而遭到了师傅的一顿责打。

小楠首先以独舞开场。她踮着脚尖，手中举着一条丝带在头顶上高高挥舞，同时在地面上向鼓的方向旋转。随后，她在鼓上和鼓周围旋转腾挪，然后迅速跳起并跃过它们，她的四肢在空中舒展开来，轻盈的棉质长裙和丝带在她身后优雅地飘荡起伏。她先在一只鼓上停留片刻，又灵巧地步上另一只稍微偏离中心的鼓，随后优雅地在鼓身周围和几只鼓之间辗转舞动。

当她柔软的身躯在舞台上移动时，华美的水袖甩过头顶，丝绸飘带宛若山顶上凝聚的云雾一般滚滚飘荡，她就好似一只舞动的龙、一只飞翔的鸟。表演这个节目时，她本该面带微笑，但今晚她实在笑不出来。所幸她强压的担忧与激动之情不知何故灌入了她舞动的身姿与飘荡的裙服之中，再加上周围音乐的渲染，与今夜的气氛融为一体。宾客们如痴如醉地欣赏着她的舞姿，浑然不觉站在外圈的其他舞人也正准备加入进来。

一位男性舞人走上舞台。他弯下腰，把自己的双脚、双膝和一只手放在五只鼓和盘子上。另外两个舞人在他面前移来一个架子。男舞人用左手敲打挂在架子上的鼓——这一突如其来的节奏变化使宾客们从聚精会神的观赏中惊醒。他们紧张地笑了笑，平复心神，继续欣赏接下来的杂技表演。

当杂技演员们接管了大厅中央的空间后，小楠代领女舞人来到主表演区之外较为狭窄的地方。她与其中一位年轻女舞人结为一组，另一对舞人则站到她们对面。之后，她们动作一致地跳起舞来，长时间的练习使她们完美地协调同步。一开始，她们四人站立不动，只轻轻地挥动双手。随后，她们举起自己的手，与对面的舞人双手击掌，然后伸开双臂。

她们的长袖就像在春风中轻轻摇曳的柳枝一样。一波又一波五颜六色的织物在她们头顶上方有限的空间中婀娜飘荡，有些飞袖甚至轻轻掠过了坐在她们正前方的客人。主人也被她们曼妙的舞姿打动了，他甚至站起身来，也模仿着年轻舞女的流畅动作跳了起来。

舞人们将脸转向宾客们，同时轻轻扭动她们的臀部和双腿。她们的表演常常以调情的姿态作为结束，今晚也不例外。小楠和她的同伴向宾客们伸出一只脚，脚尖上翘，与伸出的腿呈直角，同时另一条腿向后伸直。她这个对称的身姿随后又变换为另一支独舞，其他人则安静地向一旁退去。

小楠半蹲着身体，随着节奏挥动伸出的手臂以保持平衡。然后她侧过头看向她自己的助手。这或许让她感到轻松了一点，因为她不希望把脸转向宾客，以免让他们看出自己今晚混乱的心绪。助手在她身边放了一只盘子，她用一只纤纤玉足踩在盘子上，另一条腿平抬到腰部的高度，尖头鞋的鞋尖直指前方，上半身则向前倾斜。她保持着这个姿势，宛如一只临时栖息在芦苇上的蜻蜓一般单足站立，并因此又赢得了一波热烈的鼓掌。

小楠退场后，宾客们都围绕在主人身边，显然对今晚的精彩表演大为欣羡。一些客人甚至问起小楠和其他一些舞人的名字。这一时刻，对于某些更年轻、更有野心的班子成员来说可谓绝好时机，因为一旦受到贵族的青睐和赞助，就可以使他们的事业青云直上。男性杂技演员或许能够成为皇室或贵族宫廷中的首席艺人，女性舞人则会发现，贵族的宠爱能够带来很多福利，且不仅限于表演方面。

著名（声名狼藉）的舞人赵飞燕

赵飞燕（？—公元前 1 年）出生后，立刻就被身为家奴的父母所遗弃。她在野外幸存了三日，才被父母抱回养大。后来，赵飞燕在阳阿公主府中学习舞蹈，她的舞蹈结合了飞燕和凤凰的姿态，并因轻盈灵动的舞蹈风格而声名鹊起。汉成帝在造访公主府时看中了她，并准许她进入宫廷。不久，赵飞燕的妹妹合德也进入皇宫，姐妹二人成为汉成帝最宠爱的妃嫔。

她们大肆插手宫廷政治，其最重要的政治举动就是帮助刘欣成为皇位继承人。不幸的是，汉成帝驾崩后，后宫中的高阶官员便强迫赵合德自杀。赵飞燕则受到了较好的保护，在新皇帝（刘欣）的支持下，她很快保住了自己的权势地位。然而，赵飞燕的政治根基最终还是在政敌的一系列猛烈攻击下土崩瓦解。最终，赵飞燕被流放去看守汉成帝的陵墓，并在那里自杀身亡。

毫无疑问，与许多之前的舞人一样，小楠班子中的一些舞女也会成为贵族的侍妾，尽管历史表明并不是所有人都能

获得善终。初来乍到的侍妾进入富贵人家，生活很难轻松平静。然而，对于一些少不更事的乡下女孩来说，唾手可得的声名和荣华富贵着实难以抗拒，许多人决定抓住机会，至于后果，以后再说。

主人用黄金、小礼品和信物打赏乐师和艺人，作为领舞，小楠获得特别优待——她的酬劳是一只雕工精美的玉环。所有人都为这次成功的演出和丰厚的报酬而笑逐颜开。小楠却独自转过身来，她心里惦念的只有姐姐，以及还要多久才能从这里离开，去看看自己初生的外甥女或外甥。

夜晚的第五个小时

（22：00—23：00　后亥时）

宫女[1]准备浴室

公主[2]回宫后，宝儿知道她的女主人一定会想要沐浴更衣。作为公主殿下的大宫女，宝儿的工作就是察言观色，揣摩主人的心思。她已经在公主身边做了五年的宫女，日日从早到晚殷勤服侍，有时甚至会忙碌一整个通宵——就像最近公主生病时她不得不做的那样。像今晚这样在深夜中等待公主从宴会上归来，几乎是家常便饭。但对宝儿来说，公主对她非常信任，且几乎事事都依赖她处理，这便足以作为慰藉了。

---

1 原文为 royal maid。——编者注

2 原文为 princess。西汉时，皇帝女儿称公主，诸侯王女儿称翁主（王主）。新朝时，公主改称室主。此处以“公主”泛指与公主（室主）、翁主（王主）身份相当的女子，无特指。——编者注

今天下午，宝儿大部分时间都用来为公主赴宴做准备——作为一位皇室贵女，公主自然永远要装扮得完美无缺。宝儿花了好几个时辰为公主殿下化好妆容，然后梳理她那浓密乌黑的秀发，将其盘成精致的发髻，最后用乌木梳将精心梳拢的发型固定好。此后，还有一个虽棘手但愉快的任务，那就是为今晚的场合挑选适宜的珠宝首饰，用来搭配她和公主殿下一起选出来的奢华礼服。最终，宝儿在女主人的肩膀上搭了一件相配的礼袍，跪下身为她穿上昂贵小巧的鞋子。

当一个半时辰之前装扮妥当的公主乘坐马车安全出发之后，周围的气氛明显放松下来。宝儿不知道，也不关心这场国宴是因何而举办。她只要把公主装扮妥帖地送去赴宴，并在公主回来之前做好接待准备就做足够了。

首先，要点燃适宜的灯具。心里计算着可用的时间，宝儿走到前院大殿旁边的一间偏殿。作为父亲最宠爱的女儿，公主从她父亲和亲戚那里收到了各种各样的礼物。她尤其喜欢具有艺术造型的灯具，也因此经常收到做工精良，且一般由异域材料制成的灯具作为礼品。收到的灯实在太多了，公主不得不找了间屋子专门储存它们。迅速扫视了这些架子后，宝儿选择了一盏雁形青铜灯。公主曾经说过，这盏灯的设计有一种平静怡人的独特韵味。

这盏灯是公主去年收到的生日礼物，虽然不懂艺术鉴赏，但宝儿十分欣赏这盏灯的巧妙设计。灯体以一只回首衔

饰有彩绘的青铜雁鱼灯

鱼的大雁为造型，鱼肚中有一个灯盘，下面的容器则是空心的，可以用来贮水。当烛火点燃时，水会阻挡烟雾，使其不会弥漫到房间之中，否则屋内精致的丝绸和上好的织物就会沾上一股很难去除的气味。灯盏的下半部分裹着精致的布料。当她为公主准备沐浴事宜时，这盏灯一定能使公主赏心悦目，所以宝儿把它带上楼，点燃了鱼肚中的灯芯。一时间，屋里满是温暖闪烁的光线，雁翅羽毛上繁缛的雕刻线条都变得栩栩如生。

浴室与公主的卧室之间建有连廊。刚进去的时候，连廊里黑漆漆的，于是她停下来，把壁龛里两碟蜡烛的灯芯点燃。尽管只有很少的仆从能够获准进入公主卧室，但宝儿恼怒地发现这里竟没人负责点灯，她暗暗记下这事，准备之后再做处理。

走进浴室时，里面空无一人，但室内并不缺少光线。实际上，浴室里非常亮堂，她站在原地眨了眨眼睛才将视觉从昏暗的连廊中调整过来。光线来自一尊三层陶制烛台。烛台由三部分组成，包括一个装饰着活泼动物形象的底座、一支主灯杆，还有一个三层的灯盘。光线从状似天鹅的灯盘上四射开来。宝儿认为，这就是她工作中的最大好处，尽管这些精美的工艺品是为了取悦公主而设计的，但她同样也能欣赏它们。

几年前，公主常在一个巨大的铜鉴中沐浴。沐浴之后，宫女不得不再将用过的洗澡水提走，倒入浴室外的排水沟中处理掉。随着公主年龄渐长，宫廷决定用一个嵌入地板的新浴池重新改造她的浴室。

尽管这个浴池不是很大，尤其是与王后所用的浴池相比，但其体量也委实不小了。池沿周围铺有青砖，砖面上还饰有植物和动物图案的浅浮雕。浮雕是装饰性的（公主喜欢在洗澡时用手随意描摹纹饰的轮廓），但砖块表面凹凸不平的装饰图案也起到了防滑作用。

宝儿看着散落在砖块上的几片叶子皱了皱眉，她把落叶扫开，思索它们一开始是怎么进到这里的。浴池周围看起来很整洁——就像它本该保持的那样。昨天，宝儿和其他宫女花了大量时间清理浴池、清洗转角砖缝中的泥渍，并为其他砖石进行抛光。但浴池的排水系统仍有点问题，尽管姑娘们不用再把废水提走，但水排得太慢了，浴池的瓷质排水管肯定有点堵塞。宝儿跪下来仔细聆听，地板下传出的声音让她很难高兴起来。向管事上报的事情又多了一件，她烦恼地想。

这时，她把头伸出浴室后面的门口。这里有一只小炉子，两个小宫女正在烧水。“公主还没回来，往锅里加点凉水，没我的吩咐不要把水倒进浴池里。”说罢，她返回浴室继续准备。

博山炉模仿山丘的形状。焚香时，仿若有神仙异兽在雾气和云霭中潇洒漫游

浴室角落的矮台上放着一只漆奁（浴盒）和一只竹笥（篮子）。浴巾和风干的药草整整齐齐地摆放在竹笥之中。宝儿选了几种香草，把它们放入博山炉（香炉）中。香草燃烧时所散发的沁人心脾的香气立刻在屋内弥漫开来。博山炉四周香烟缭绕，好似蒸腾出一层薄雾，为室内增添了一种安详放松的氛围，宝儿猜想公主一定会喜欢。

接下来，还需要为房间供暖。这里有专为冬天供暖的炉子，不过现在还没有使用，在初春时开窗通风也会让公主感到寒冷。当公主抱怨此事时，宝儿便安排了一只便携的炉子拿进浴室，此刻她叫来一个小宫女往炉子里添加木炭。公主快回来了，她可不想拨弄木炭把自己的手弄脏。她仔细指导着小宫女，向她演示如何提起炉子，以及当炭火点燃、屋子暖和起来之后，炉子又应当放在何处（后面有一个壁龛，把炉子放在那里既能保暖，又不至于让公主无意间碰到，烫伤自己）。

宝儿预感到公主很快就要回来，于是让小宫女传话，让宫女往浴池中倒热水。她知道小宫女有点怕她，所以是含笑吩咐的。小宫女却更害怕了，她猛地点点头，小跑着出了房间。

宝儿转身端详着竹笥。殿下今晚沐浴时会喜欢用什么草药呢？这里有佩兰、木兰和桂花。宝儿记得公主曾说过木兰有放松心神的效用，而国宴正是一个让人疲惫的场合。这帮她做出决断——今晚在沐浴的热水中就加入木兰和桂花吧。

姑娘们又叫来两个帮手，但把热水从炉子上提下来，再倒入浴池中，仍是十分费力累人的工作。

其中一个女孩抱怨道："为什么不能让男人为我们做这些事呢？他们更强壮呀。"

宝儿无意中听到这话，说道："你疯了吗？任何男人都不许进入公主殿下的卧室和浴室，永远都不行！"

当她们倒热水时，宝儿在砖块上铺了一块厚厚的麻布，并把公主的私人物品放在上面。竹筒里有一条浴巾和一件浴衣，还有一块火山岩搓澡石。公主还有几块浮石，都用漂亮的石头制成，上面雕刻着美丽的几何图案。她可能不会用到这些浮石，因为她的皮肤在赴宴之前就已经精心护理光滑了，但宝儿确信公主肯定会在沐浴的时候把玩这些石头。

突然，她注意到，自己在浴池旁边落下了一只缶和一只壶，这些是用来清洗头发的。宝儿把这些器具都收起来。公主今晚没有时间洗头发了，不管怎样，头发没干就上床就寝是不好的。思考片刻之后，宝儿从漆奁中拿出一面铜镜，放到麻布的旁边。

浴池中的水倒到一半时，宝儿叫姑娘们停下来，同时吩咐她们让炉子上剩下的水保持温热。或许根本用不着点燃炭炉取暖，因为池中的热水已经让房间内蒸汽腾腾。姑娘们都有点微微出汗，大家都坐在地上，趁公主回来之前休息片刻。

一位从宫里其他地方调来的年长宫女问宝儿："一定还

有比这更忙乱的场合吧？”

“哦，太多了！殿下一有仪式活动需要参加，就要做大量的准备。上个月她参加了在城外举行的那个仪式。你记得公主殿下看起来有多雍容华贵，是吧？那可花了很多工夫呢。”

宝儿双手抱膝，转向那天协助过她的一个女孩儿。“记得吗，那天早上我们寅时就醒了，像现在这样准备洗澡水。殿下在浴池里泡了将近两刻钟，用了不同的草药，我们还用煮过谷物的水给她洗了头发。一大早浴室里冷极了，我们不得不在池边又多放了两个便携的炭炉。”

“殿下沐浴之后，我们几个人分工帮她打理。一个人负责打磨殿下的指甲，另一个人拿着铜镜，我则站在后面给她梳理头发。”

“我们在两件裙子之间犹豫不决。殿下先试了一件深紫色的丝裙，就是腰身很窄、裙摆很长的那件。又试了一条宽松的裙子，裙摆也很长，但是有红黄相间的纹饰。最后殿下选了第二件。鲜亮的红色穿在她身上，更可爱，更喜庆。”

宝儿内心对此引以为豪，因为她自己那天也和公主一起出席了仪式，而且她知道自己看起来也很漂亮，尽管她只有很少的时间来打扮自己。为公主穿衣的时间很充裕，但她们后来花了好几个时辰才把公主的头发打理得恰到好处。公主的头发还没有干，很难梳成她们想要的双髻，后来整个发型都散开了，她们不得不重新盘了两次。

宝儿正打算跟其他人仔细说说她是如何处理那次发型危机，又用了何种发饰的。但她停了下来，侧头倾听，目光仿佛能透过宫殿的墙壁。宫女们询问宝儿是否听到外头有什么预示主人赴宴归来的动静。作为回答，宝儿站起身，轻快地从浴室里走了出去。

其他人也都站了起来，为今晚最后的任务做好准备。

不可思议的浴室发现

考古发掘出的秦汉时期浴室大小不一，且配备了各种不同的洗浴设施。咸阳宫中的浴室占地约 40 平方米，由浴池、精心规划的排水系统和供暖设施组成。浴池的底部铺满砖块，并与陶瓷排水管道和排水沟相连。墙壁上的炉子则用来为浴室供暖。

有趣的是，汉代很多权贵的墓葬中也绘有浴室场景，以满足死者在阴间的卫生需求。一些陵墓中的浴室，其实就是对现实生活中真实浴室的模仿。例如河南永城柿园汉墓遗址，其中一间侧室就被修建成了浴室和排水井的样子。其他一些墓葬则通过陪葬洗浴用具和其他物品来代表浴室。

夜晚的第六个小时

（23：00—00：00　前子时）

士兵为生命而战

老马已经卧床四天了。随军医师只来过两次，每次都给照看老马的低级士兵留下些药丸。倒不是因为军医漠不关心或懒惰怠慢，而是因为这次瘟疫确实让军队受到重创。尽管军医奋力救治，但许多士兵还是被感染了，且由于军医与士兵接触紧密，有相当一部分军医现在也染上了疫病，使情况更为恶化。那些尚未病倒的军医已然精疲力竭，各尽所能，但仍有许多病人无人照料，只能等死。

老马作为一名老兵，所幸有一位年轻的士兵时刻照顾他。这个值得信赖的护理员会给老马喂药，确保他有水和食物（在他能吞咽的时候）。在过去几年的大小战役中，老马见惯了死亡，因此他对死亡本身并不畏惧 。对士兵来说，死亡是司空见惯的事情。但如果他能选择，老马宁愿战死沙场，而不是死于病榻。然而，当瘟疫在营地中蔓延开后，老马意识到自己也并非百病不侵。

生病之初，老马先是感到手臂上起了一层鸡皮疙瘩，寒意透过毛孔渗入骨节，最终遍体生寒。被派来照顾病人的新兵把所有能找到的铺盖都盖在他身上，甚至还找来一些稻草给他保持体温，但病人仍旧战栗不止。老马冷得浑身发抖，牙齿咯咯作响，他强烈怀疑自己的魂魄都要离他而去了，死亡近在咫尺。

那位最初给老马诊断的军医在他生病的第二天又来给他看诊。即便对这种疾病已有一定的经验，但医生也很难相信病榻上这个如此虚弱的人竟会是老马。他又给了照顾老马的新兵一些草药，然后无可奈何地叹了口气。“昨天他看起来还活力满满、精神十足，今天就快死了。即便他的身体是铁打的，可能也无法战胜病魔了。”这话这是对年轻的护理员说的，但病床上的老马也听到了，他用虚弱的声音回答道：“但是，大夫，我有钢铁般的意志。”

身为士兵，自然轮不到他来质疑皇帝，但此刻躺在病榻上的老马有时间思考皇帝王莽所发动的那些愚蠢的战争，那些领导失误、毫无意义的战事正在侵蚀他的国家。军队一直在东北、西部和西北的边境作战，但所有战争没有一次大获全胜。汉武帝统治时期，大汉帝国财政充裕、兵强马壮。现如今王莽的军队却管理不善、瘟疫肆虐，此外，粮草供应也日趋紧张，而王莽那些欠缺考虑的工程项目还在不断消耗着国库的钱财。

除了这些隐患之外，朝堂上还屡屡政策失当，西南地区发动的一场战争也进一步消耗了国力。始建国四年（公元12年），王莽褫夺了西南夷首领句町王邯的王号，引起邯的怨怒。牂牁郡大尹周钦将邯杀死后，朝廷与西南夷之间爆发战争，邯的弟弟率领子民起兵反汉。

朝廷的军队前往亚热带潮湿的西南边疆作战，先是遭到叛军的顽强抵抗，后又被该地特有的疾病所侵袭。暴发的腹泻和脱水席卷行伍，随后，又发生了致命的瘟疫。在这个偏远的蛮荒之地，粮食供给和医疗支援都不能及时送达军队，成千上万的士兵死于疾病或饥饿。

征伐西南夷的这场不幸战争爆发时，老马已经是一名老兵了。自从十六岁参军入伍以来，他经历过无数次战斗，但都没受过太重的伤，他也经历过汉朝所遇最严重的几次瘟疫，但也都幸存了下来。直到去年（新朝天凤三年，公元16年），在另一场瘟疫暴发时，他靠自己强悍的体魄最终扛过了一次几乎致命的瘟病。

老马虽然幸免于难，但疾病使他大为虚弱，他被送回家中疗养了很长一段时间，既是为了恢复身体，也是为了治愈内心受到的创伤。他从前总以为自己很强壮，但在他休养期间，军营里瘟疫肆虐的可怕场景一直在他心头萦绕不去。每天都有大批人死去，营帐中传出痛苦的哀号。营地外的旷野上到处都是腐烂、浮肿、来不及掩埋的尸体，流浪的野狗和其他食腐动物在腐败的人肉上挑挑拣拣。那里简直就是人间炼狱。

在家休养几个月后，老马又恢复了元气，并最终决定重新加入这支在南方的军队。老马告诉自己的媳妇，他最后再参加一次战役，就退伍回乡，一家人在那里买一小块土地安稳度日。在他回来作战的前十几天，老马还想象着自己住在那个小农场里，几个儿子和他们的妻小也都住在附近。他要在农场里挖一个池塘，他们可以在里面养鱼养鸭。待他到了耄耋之年，朝廷会赐给他一根代表荣誉的鸠杖。拿着这根代表朝廷尊老重孝的鸠杖，老马会在阳光下坐上一整个早上或下午，看着家人各自忙碌。

即便现在看起来命运似乎决心要让他的计划脱轨，老马也坚持着自己的梦想，并从安享晚年的幻想中汲取战胜疾病的力量。有那么一段时间，他看起来就要赢了。高烧下四肢发抖的症状有所缓和，他能够喝水，咽下一些稀粥，更重要的是，喝下一些药汁。他已经挺过了最糟糕的时候，老马乐观地向年轻的护理员保证。他现在可以移动手臂和双腿，寒气正从他的骨骼中消散，半个月内他就能重新站起来了。谁知道呢，或许都用不了那么久——草药真是神奇的东西，其治愈疾病的能力几乎令人感到不可思议。老马向年轻的新兵如此说道，尽管实际上他也是在更努力地说服自己。

今天是他发热的第四天，老马知道自己过早的乐观毫无根据。无法言喻的痛苦正折磨着他的身体，尤其是他的脊髓。他向护理员形容这种剧痛，就像有成千上万只虫子正撕咬着他的骨头。看到年轻的新兵越听越恐慌，他就闭嘴不谈了。这个年轻人几个月前才刚刚参军，现在他已经发现了军旅生活的残酷，与绘画中所描绘的那种浪漫化的战斗场景天差地别。这个新兵可是他现在唯一的依靠，如果这个人逃跑了，就没人给他端水缓解这令人绝望的口渴，也没人用水给他清洗抽痛的头部了。

为了转移这个小伙子和他自己的注意力，老马开始给他讲述在自己的家乡人们是如何祛疫辟邪的。老马讲了方相氏的故事，津津乐道于方相氏精心装扮、令人毛骨悚然的外表。“他披着熊皮，有四只金色的眼睛，拿着长矛和盾牌驱逐恶灵。”老马用前臂支撑着坐起来。他脸上淌着汗水，眼睛闪烁着狂热的亮光，在新兵看来，老马此刻比他描述的形象还要可怕。“你知道吗？我很久以前曾在大傩仪式里扮演过方相氏。我戴着面具、穿着黑袍跳舞，其他人则制造噪音把恶灵吓退。”

年轻的护理员点了点头。他还是孩子的时候也曾看过这种表演，他父亲还告诉他，神荼和郁垒两位神仙会保佑人们免受邪魔的侵害。他们身穿甲胄，手持武器，装束宛如战神一般。但这位护理员遗憾地向老马承认，他家实在太穷了，请不起这样的神像来装饰自家的大门和屋子。

尽管精疲力竭，老马却无法入眠，一部分因为病痛，另一部分则因为他担心自己如果闭上眼睛可能永远也醒不过来。为了继续聊下去，他问这个年轻小伙子一开始为何参军。

由于这个年轻人的父亲病得太重，不能在军队中服役，而他的弟弟又太年幼，所以服兵役的责任就落在了这个小伙子身上，尽管他新婚不久，妻子还正怀着他们第一个孩子。

他脸上满是忧郁神色，告诉老马自己出征时妻子哀哭不止——出发之后，他们才知道自己要被送往南方的荒山大川。

二月，他从家乡出发，随军向南方开拔。随着日子越来越温暖潮湿，新兵感到自己的身体逐渐不适。当他们度过一条河流之后，风景和地形都变得截然不同。大片大片被森林和灌木所覆盖的无主之地取代了农田和村舍。

为病人加热汤药时，新兵向老马讲述自己看到田里有许多不同作物时的惊讶之情。这些南方人谈不上多么富裕，却很少有人会饿死。“当我看到这些作物时，我想可能南方并不像我想象的那么糟糕。如今我才知道我只看到了表面，这里的沼泽和潮湿会带来疾病。他们告诉我，南方人的寿命都不长，而且他们离首都太远了，当他们遭遇天灾时，没人会在意他们的死活。”

新兵又躁动起来，老马想起自己从退伍的幻想中汲取的安慰，便试图把话题引到一个更安全的方向。“你们家什么样？你盖好房子了吗？”

“我们刚刚盖了自己的房子。我帮忙在屋顶上铺瓦。我爹说我们应该盖那种望楼，跟我们家其他房子类似。”这个新兵来自河南郡北部，实际上就位于老马家乡的西边。在这个人口流动性很强的时代，有些移民通过坚守旧有习俗与故土保持联系。这个新兵家带脊的屋顶颇为美观，从新家的屋顶上可以看到环绕着他故乡小镇的山脊。“今年开春，我媳妇在房前种了些树和花。现在有的花应该已经开了。”他补充道。

护理员准备用来熬制草药的锅已经烧开了，当他把一服药倒入锅中时，老马询问还剩多少没有吃完。新兵没有回答，因为大夫只开了五服药，三天内就会喝完。显然，大夫认为到那时老马要么已经死了，要么已经在慢慢恢复。无论新兵还是老马都不确定这些草药到底有没有用，但至少有药可开他们就多少感到些许安心。护理员突然意识到了问题的严重性，他发愁明天该怎么办，但这个想法马上被另一个念头取代了，他突然意识到，老马可能甚至活不到明天。

他听到附近帐篷里传来凄凉的哭声，有个可怜的士兵已经病危好几天，可能挺不过今夜。现在看来，他负责照顾的病患情况也不容乐观，所以他没有回答老马的问题，而是换了个话题分散他的注意力。

“来的路上我们翻山越岭，有一次我站在山顶上，觉得仿佛整个世界都在我的脚下。这真是让人浮想联翩，一个人死后，他的灵魂会去哪儿呢？”老马把最后一点药汁倒进嘴里，思考着这个问题。草药似乎给了他一点力气，此刻已经很晚，他却稍稍有了些精神。护理员犹豫着提到，他的祖父曾说过，鬼魂会通过昆仑山上的一道门进入天界，但是……士兵对这个话题不太了解，所以他结结巴巴地停了下来。

老马太疲惫了，无法解释昆仑山位于西北方。那里是大地的中心，有三座仙山组成的天梯，灵魂爬上天梯就可以升入天界中央，天神和所有其他神仙都居住在那里。想到这些，老马意识到他所知的有关昆仑山的信息也是零碎的。世上真有人到过那个虚无缥缈的地方吗？

新兵谈到，西南地区的原住民认为，当一个人死去、灵肉分离的时候，墓碑上方就会出现一个通往天界的门，以及神树和飞禽。魂升于天，而魄降于地。护理员不再继续说话，因为老马的眼睛已经闭上了，身体一动不动。

老马觉得疼痛已经减轻了，他相信自己的病体已经熬过了最痛苦的阶段。这位老兵告诉自己，他已经感觉好多了，并暗下决心，等完全康复后，他一定要找到并登上传说中的昆仑山。“总有一天，我会实现这个梦想。”老马的意识逐渐远去，他用最后一丝神志发下誓言。

瘟疫暴发

西汉时期至少暴发过十七次严重的瘟疫，几乎半数都发生在作战期间的军营之中。由于人口集中、士兵在军事行动中免疫力降低，军营中瘟疫的死亡率尤其高。瘟疫发生于地震、洪水等自然灾害之后，尽管中央政府很早就建立了赈灾和医疗援助制度，但效果都不尽如人意。

结语

这二十四个故事让我们窥见了二十四个普通人生命中短短半个时辰的生活。这半个时辰仅仅只是他们平常辛勤忙碌的漫长一天的缩影。然而，在这半个时辰中，我们看到农民正在施行新的代田法（轮耕），以生产更多粮食，同时也愈发担心即将到来的计吏将自己新开垦的土地登记入册。我们也了解到，不同种类的工匠如何努力适应瞬息万变的环境，其中既有来自工场和作坊的变化，也有来自官府和监管部门的压力。我们还从宫廷侍从和官府吏员的不懈工作中管窥一斑，看到他们对遭受惩罚的持续忧虑。更重要的是，我们看到，生活对他们中的任何一个人来说都不是轻而易举的事情。相反，他们的生活充满了矛盾，虽然技术创新和社会经济的进步给他们带来了许多积极变化，他们对自己和家庭未来的看法却悲喜交加。他们对政治的不确定性和自身所处自然环境的危险性有着敏锐的认知，这使得他们在改善生活时更加坚韧，也更具适应性和创新性，也坚定了他们对于建造阴宅的热衷。

在紧随其后的东汉时期，尽管不同社会领域内部和彼此之间的紧张关系不断加剧，但人民坚韧自强的意志仍将继续推动科技创新和经济发展。汉代不仅是中国历史上的黄金时期，也为全世界带来了许许多多重大创新。

致谢

本书作者向菲利普·马蒂塞克博士（Dr Philip Matyszak）和加布里埃尔·内梅斯博士（Dr. Gabriella Nemeth）表示深切的感谢。他们花费了大量时间，帮助作者重新组织、润色和提炼本书中的章节，使读者能够更好地理解这些故事。没有他们的专业帮助和耐心付出，这本书将远不会如此精致完整。作者也非常感谢查伦·墨菲博士（Dr. Charlene Murphy）对本书草稿的校对。

参考文献

《史记》:（西汉）司马迁著，中华书局，北京，1959 年

《汉书》:（东汉）班固著，中华书局，北京，1962 年

《〈论语〉〈大学〉和〈中庸〉》英译本（*Confucian Analects, The Great Learning & The Doctrine of the Mean*）：理雅各（James Legge）译，多佛出版社（Dover Publications），纽约，1971 年

《中国经典》第三卷《诗经》英译本（*The Chinese Classics, Vol. III. The She King; or, The Book of Poetry*）：理雅各译，Trübner and Co., 伦敦 , 1971 年

《周礼正义》:（清）孙诒让撰，中华书局，北京，1987 年

《两汉经济史料论丛》：陈直著，陕西人民出版社，西

安，1980 年

《居延汉简研究》：陈直著，天津古籍出版社，天津，1986 年

《汉代物质文化资料图说》：孙机著，文物出版社，北京，1991 年

《两汉乡村社会史》：马新著，齐鲁书社，济南，1997 年

《秦汉法律与社会》：于振波著，湖南人民出版社，长沙，2000 年

《幽明两界：纪年汉代画像石研究》：杨爱国著，陕西人民美术出版社，西安，2006 年

《秦汉时期生态环境研究》：王子今著，北京大学出版社，北京，2007 年

《中国盗墓史》：王子今著，九州出版社，北京，2007 年

《逝去的风韵：杨泓谈文物》：杨泓著，中华书局，北京，2007 年

《出土简牍与秦汉社会》：杨振红著，广西师范大学出版社，桂林，2009 年

此外，大量专著、期刊和考古报告也提供了许多重要考古遗址、遗迹的新的一手资料，这些遗址、遗迹包括汉中山王陵、老官山汉墓、马王堆汉墓、三杨庄遗址、尹湾汉墓、海昏侯墓、三门峡运河遗址、京师仓，以及大量壁画、画像石墓、汉刑徒墓，等等。

关于农业、手工业、酿酒业、照明材料和灯具、运河航运、医学发展、教育制度、汉代女性、法律和政治制度、食品和烹饪、宗教习俗及汉代社会其他方面的许多研究，也令作者受益匪浅。受篇幅所限，作者无法逐一列出这些研究者的名字，但仍想对他们及其出色的研究表示感谢。

图片信息

第013页：满城汉墓出土的金针，河北博物院，Photo akg-images / Pictures From History。

第023页：海昏侯墓出土的五铢钱，西汉，海昏侯墓的发掘现场，江西南昌，新华社/Alamy。

第028页：记录在绢帛上的产科医学专著《胎产书》（西汉），湖南省博物馆。

第038页：陶马，西汉， Photo akg-images / François Guenet。

第044页：茂陵金马，据推测是汉武帝的姐姐平阳公主的陪葬坑中出土的众多陪葬品之一，陕西历史博物馆展出，Photo © depositphotos。

第064页：博局镜， Photo Sepia Times / Universal Images

Group / Getty Images。

第083页：漆匣中的砚台，山东临沂金雀山出土，Photo Babel Stone / Wikimedia Commons / CC BY-SA 3.0。

第093页：桑叶化石，曾保存在西汉时期的洪水沉积物中，河南三杨庄出土，Photo © Tristram R. Kidder, Washington University in St. Louis。

第116页：盐场画像砖，汉代（东汉），成都羊子山汉墓出土，长46.5厘米，宽39.8厘米，高6.7厘米，重庆中国三峡博物馆藏，Photo Werner Forman/Universal Images Group/Getty Images。

第132页：位于今新疆维吾尔自治区库车市的克孜尔尕哈烽燧，Photo CPA Media Pte Ltd. / Alamy。

第150页：带有龙首手柄的青铜量杯，车骑关汉墓出土，河北邯郸，Photo Shan_shan / Shutterstock.com。

第154页：龟纽银印，夏洛特·C. 韦伯和约翰·C. 韦伯收藏（Charlotte C. and John C. Weber Collection），并由二人赠予, 1994年 / 大都会艺术博物馆，纽约。

第182页：刻有常青树和凤凰图案的画像砖，咸阳博物院，Photo akg-images / Laurent Lecat。

第201页：西汉将军霍去病墓旁发现的石雕之一，陕西省咸阳市，Photo Panorama Media / agefotostock.com。

第207页：汉景帝阳陵兵马俑，陕西省咸阳市，Photo Gary Todd / Flickr/Public Dormain。

第226页：舞人陶俑，随葬品，夏洛特·C. 韦伯和约翰·C. 韦伯收藏，并由二人赠予，1992年 / 大都会艺术博物馆，纽约。
第230页：口沿处饰有伎俑的陶器，西汉，巴黎市立博物馆（Musée Cernuschi），法国巴黎。Photo Guillaume Jacquet / Wikimedia Commons / Public Domain。
第237页：饰有彩绘的青铜雁鱼灯，中国国家博物馆，Photo Rowanwindwhistler / Wikimedia Commons / CC BY-SA 3.0。
第239页：博山炉，西汉，Severance and Greta Millikin Purchase Fund / 克利夫兰艺术博物馆，美国俄亥俄州克利夫兰。

简体中文版编后记

在引言中，作者已做出说明，“本书中故事发生的时间设定为公元 17 年，即新朝天凤四年”，而“为了将往往呈碎片化的史据拼接在一起，作者把不同人物的传记‘叠加’到了我们故事中的角色身上”。这就意味着，本书中的故事，背景尽量贴近历史真实，具体情节和故事中的主要角色则可看作虚构。

新朝以初始元年“十二月朔癸酉为建国元年正月之朔”，前后仅存在了不到十五年（公元 9 年—23 年）。王莽托古改制，国家在行政层面上发生了一系列变化，但世俗生活与西汉时期相比，差异并不明显，也很难截然分开。因此，书中对西汉时期社会风貌的描摹，可视作本书故事的历史背景，译者和编辑不专门做甄别与说明。对于王莽改动过的地名、官名等，本书则酌情处理。

本书最初版本语言为英文，有些用词与表达难以和汉语一一对应。在和作者、译者沟通的基础上，我们尽力对这些内容做了处理，在必要时给出注释。

编辑谨识